사랑이 아니면 무엇이겠니

정모래

나의 번뇌와 근심, 외로움과 우울.

이들을 나는 사랑이라 부르고 싶다.

차마 떨칠 수 없는 상념과 두려움까지도.

정모래

인디 음악과 독립 영화를 좋아합니다. 블로그와 인스타그램에 일기를 쓰며 흘러가는 시간을 기록합니다. 한여름 에어컨의 시원함보다 한겨울 보일러의 따뜻함을 더 좋아하며, 나도 누군가에게 온기를 주는 사람이 되고 싶단 생각을 하곤 합니다.

제주에서 독립출판 브랜드 이응이응프레스를 운영하고 있으며 2023년 겨울, 첫 에세이 『나에게 안녕을 묻는다』를 썼습니다.

blog.　blog.naver.com/dearmygloom
insta.　@dear.mymorae

일러두기

희로애락 단상집 시리즈 첫 번째 '사랑(喜, 기쁠 희)'은 대체로 내가 직접
경험한 일들을 기반으로 썼다. 그러나 온전히 나의 경험만으로 이루어진
건 아니라고 말하고 싶다. 가끔 보는 친구들, 늘 그리운 가족들, 우연히 만
난 여행객들, 카페 창밖으로 지나는 사람들까지. 어쩌면 그냥 지나칠 수도
있었던 모든 것들에 나만의 사랑을 담아 기록했다.

들어가며

글을 써야겠다고 생각했다.

내가 처음 글을 쓰기 시작한 건 문예 창작 입시 준비를 하던 고등학교 2학년 무렵이었다. 어릴 때부터 나는 책을 읽고, 일기를 쓰고, 습작을 하는 게 익숙했다. 특히 글을 쓰는 건 나에게 지극히 자연스러운 일이었다. 그래서 당연히 글 쓰는 걸 좋아한다고 생각했는데, 언제부턴가 내가 그 좋아한다는 걸 전혀 하지 않고 있었다. 일상에 치이고, 관계에 쩔쩔매고, 당장 눈앞에 놓인 자극만 쫓느라 한때 나를 살게 했던, 내가 꿈꾸었던 것들이 멀어져 가는 줄도 몰랐다. 일부러 낯선 장소에 나를 내버려 두고, 지나가는 사람들을 구경하고, 생경한 풍경을 눈에 담고, 번뜩이는 생각을 메모하고,

하루 종일 글감을 구상하던 나는 어느새 사라지고 없었다. 그렇다면 내가 글을 쓰는 걸 정말 좋아하는 게 맞는 걸까.

"네가 좋아하고 잘하는 게 있는데 너무 먼 길을 돌아가는 것 같다."

어느 날 15년 지기와 오랜만에 통화를 하다 그 녀석이 대뜸 이런 말을 했다. 내가 정말 글을 쓰는 데 소질이 있기는 한 걸까. 좋아하는 것과 잘하는 것을 혼동했던 건 아니었을까. 머리가 복잡했다. 하지만 그 친구의 말 한 마디가 결국 나를 노트북 앞에 다시 앉게 만들었다.

글을 쓰고 싶다고 생각만 하는 것과 실제로 글을 쓰는 것은 너무나도 다른 일이었다. 사실 재능이나 소질은 크게 중요한 게 아닐지도 모른다. 어떤 일이든 꾸준히 하는 사람을 이기지 못하는 것과 같이, 나는 정작 내가 좋아한다고 굳게 믿었던 것들조차 하지 않고 있었으니까.

그래서 다시 한번 믿어 보기로 했다. 내가 글을 좋아하는 사람이라는 걸. 나아가 쓰는 사람이 되리라 다짐했다. 지금 순간순간 느끼는 이 감정들을 하나씩 기록해 보자고. 언젠가는 아득해질 경험과 기억, 생각들을 이렇게 글을 쓰면서라도 붙잡아 두자고.

잘 할 수 있을까. 꾸준히, 오래 할 수 있을까. 이번만은 도중에 포기하지도, 훌쩍 도망치지도 않고, 글을 쓰며 있는 그대로의 나를 마주하고 싶다.

그리고, 나를 조금 더 이해하고 싶다.

2022년 10월

생존 신고의 밤

    갑자기 추워진 11월의 마지막 금요일. 이 글을 적으며 마치 청첩장 돌리는 기분이 이런 것일까, 싶은 마음이 들었다. 흔한 안부 인사도 하지 않던 사이에 청첩장을 불쑥 앞에 들이미는 왠지 민망하고 미안한 그 느낌. 쟤는 어쩜 저렇게 뻔뻔할까, 라고 생각하면 어떡하지. 하지만 돌이켜 보면 나는 그간 친구들의 깜짝 결혼 소식을 안부로 들었을 때 한 번도 불쾌하지 않았음을. 오히려 나를 초대해 줘서 고마웠다고. 모두가 내 마음 같을 수는 없겠지만 그럼에도 알아주는 사람이 있지 않을까. 이 마음으로 용기를 낸다.

    지금껏 나는 SNS를 헤엄쳐 다니며 친구들의 일상을 눈으로만 훑어보고 댓글은커녕 '좋아요'

버튼조차 쉽사리 누르지 못하던 사람이었다. 질투나고 배 아파서 그랬던 20대를 지나 이제는 하트로라도 내 흔적을 남기고 싶지 않을 만큼 쑥스러운 30대 중반을 넘기고 있다. 그랬던 내가 다시 부끄러운 마음으로 나의 존재를 알리고 있다. 나 여기 있다고. 사실은 나 아직 살아 있다고.

그래서 책을 내기로 했다. 들어주고 읽어 줄 사람이 있을까 걱정이지만 보잘것없는 내 이야기를 세상에 내놓고야 말겠다는 일념이 나를 여기까지 오게 했다. 글을 쓸 때는 내가 살아 있는 것 같았고, 내가 쓴 글들이 결국 나를 살렸다.

나는 여전히 제주에 살고 있다. 지금 내 앞에는 이 글을 쓰느라 30분째 퉁퉁 불어 가는 우동이 있고, 더없이 따뜻한 밤이다. 해냈구나, 마침내.

2023년 11월

1장

지나간 인연, 지나친 인연

길 15

인연에 대하여 16

미아 17

떠나는 사람, 남겨진 사람 18

예정된 이별 20

버리지 못한 것들 23

반쪽짜리 추억 24

슬픈 예감 25

등 뒤의 온도 27

무색무취의 사람 28

연극이 끝난 후 29

흔적 31

길

길을 잃었다.

그 길이 그 길 같고, 또 그 길이 그 길이었다. 목적지가 정해지지 않아서일까. 아니면, 무의식이 나를 같은 곳으로 계속 이끌었을까. 그래서인지 도착점은 늘 한 곳으로 수렴했다. 마치 답이 정해진 문제를 푸는 것처럼. 문제를 풀기도 전에 이미 정답을 알고 있는 사람처럼.

백야이거나 혹은 극야의 시간을 견디는 듯 그렇게 나는 속절없이 걷고, 또 걸었다. 그래도 눈을 떠 보면 결과는 같았다.

모든 길이, 다 너에게로 가는 길이었다.

인연에 대하여

　가끔, 그럴 때가 있다. 열렬히 사랑했던 이가 날 떠난 후 외로움이 가슴 깊은 곳에서 덜컥 튀어나올 때가. 시리도록 외로워 마음 둘 곳이 필요할 때면 나는 종종 인연에 대해 생각한다. 내가 이렇게 외로움에 몸서리치고 애타게 누군갈 갈망하는데 이 끝없는 갈증을 해소해 줄 이는 대체 어디에 있나, 하고. 지난 연인들 중 누군가였을까. 눈치채지 못하는 사이 이미 놓쳐 버렸나. 혹, 아직 인연이 오지 않은 것은 아닐까.

　지나갔을까, 아니면 지나쳤을까.

　확실한 건, 어쩌면 인연이었을지도 모를 지난 사랑의 울타리 안에서도 나는 하염없이 외로웠다.

미아

　나만 홀로 세상 한 가운데 버려진 기분이 든다. 혼자 있기 겁이 나 이곳저곳 위로를 구걸하러 다니지만 돌아보면 모두 저마다의 삶에 허덕이고 있었고, 위로를 받으러 간 그곳에서마저 나는 철저히 혼자임을 느꼈다. 결국 '다 필요 없어. 원래 인생은 혼자야.'라는 쓸쓸함만 품은 채 번번이 돌아와야 했다.

　그가 나에게 이토록 큰 존재였나. 그가 없는 내 하루는, 내 삶은 이렇게도 빈털터리인데 왜 나만 빼고 모두 행복해 보이는 건지.

　나는 이제 어떻게 해야 하는 걸까.

떠나는 사람, 남겨진 사람

떠나는 사람과 남겨진 사람, 둘 중 어느 쪽이 더 힘들까.

어느 쪽이 더 외로울까.
어느 쪽이 더 그리움에 사무칠까.

그때의 나는 당장 끓어오르는 마음을 주체하지 못하던 뜨거운 사람이었다. 내 마음을 표현하는 것만으로도 하루가 부족해 뭘 하든 너와 함께였다. 밥을 먹는 것도, 수업을 듣는 것도, 과제를 하는 것도, 공강 시간에 노는 것도, 밤새워 시험 공부를 하는 것도. 그래서 네가 없는 학교 생활은 오롯이 나 혼자 감당해야 할 몫이었다. 너는 떠나는 쪽이었고, 나는 남겨진 쪽이었으니까.

아프거나 속상한 일이 있는 날은 유독 더 쓸쓸하고 허전하게 느껴졌다. 당장 너에게 전화를 걸 수도, 보고 싶어도 네가 바로 달려와 줄 수도 없다는 사실에 숱한 밤들을 혼자 울어야 했다.

너를 만나러 가는 길은 멀고 험했다. 기차와 버스를 몇 번씩 갈아탈 만큼 반나절이 걸리는 거리. 속이 울렁대는 지독한 멀미도, 금방 쓰러질 것만 같은 피곤함도 너를 본다는 생각만으로 얼마든 이겨낼 수 있었다. 보고 싶은 사람을 만나러 가는 길만큼 세상이 온통 낭만으로 담뿍할 때가 있을까. 그 시절의 나는 사랑으로 가득 차 있었다. 사랑이 아니면 단 하루도 살 수 없을 것만 같았던 그때.

예정된 이별

너를 기다리던 그 시간들조차도 나는 좋았다.

방명록에 우리의 관계를 적고 면회실에 앉아 네가 오기를 기다리며 가슴이 두근거렸다. 마치 너를 처음 만났을 때처럼. 저 멀리서 뛰어오는 너의 벅찬 표정을 보면 나도 모르게 입가에 미소가 번졌고, 아무 말 하지 않고 서로의 눈을 보기만 해도 몇 평 안 되는 갑갑한 면회실이 우리 둘만 있는 공간처럼 느껴지기도 했다.

너를 보내던 날, 여느 날과 다름없이 학교 앞 식당에서 혼자 된장찌개를 먹다가 너의 전화를 받았다. 입대 전 마지막 전화였다. 우리는 많이 울었다. 서로의 말이 잘 전달되지 않을 만큼.

이제 들어간다고.

기다려 달라고.

고맙다고.

사랑한다고.

잘 다녀오라고.

기다리겠다고.

아프지 말고 씩씩하게 잘 하라고.

나도 사랑한다고.

그날 먹은 된장찌개를 어떻게 잊을 수 있을까. 눈물 콧물이 다 들어간, 사람들을 피해 구석에서 혼자 울음을 참아 가며 먹었던, 다 식어 버린 그 찌개를. 그 후 나는 한동안을 매일 울었다. 수업을 듣다가 갑자기 이유도 없이 왈칵 코끝이 찡할 때면 당황스러워 몸 둘 바를 몰랐다.

하루에도 몇 번씩 홈페이지에 들어가 사진은 언제 올라오는지 찾아보고, 네게 줄 선물들을 장바구니에 한가득 담았다. 궁핍한 대학생이었지만 얼마가 들어도 좋았다. 네가 군 생활을 잘 할 수만 있다면 아무래도 상관없었다. 땀이 많은 네게 꼭 필요한 데오드란트, 군화를 신으면 발 냄새 난다고 해서 발 냄새 방지 스프레이, 무좀 방지용 발바닥 쿨링 패치, 선임들에게 잘 보이길 바라는 마음에 수십 개의 간식들까지. 하나씩 직접 포장하고 예쁜 편지지도 샀다. 네가 지루해할까 봐 편지지도 얼마나 다양한 종류를 골랐는지.

그렇게 외로움에 익숙해져 갈 쯤, 6주 만에 낯선 지역 번호로 전화가 왔다. 1학기가 막 끝난, 무더운 여름이었다. 그때 나는 학교 앞 작은 산을 오르고 있었다. 숨이 차 헉헉대며 전화를 받았고, 그리운 네 목소리에 나는 그 자리에 꼼짝없이 얼어붙어 울기만 했다. 그날 그 시각 네 전화를 받았다는 것 말고 우리가 어떤 대화를 나눴는지는 이후에도 기억나지 않을 만큼.

버리지 못한 것들

　이미 색이 바랜 오랜 연인의 냄새를 풍기던 우리였지만 나는 다시 돌아간다 해도 너를 기다릴 것 같다. 너의 전화가 오기만을 바라던 저녁 시간, 네게 손 편지를 쓰던 순수함, 답장이 오지는 않았을까 수시로 들춰 보던 집 앞 우편함.

　차마 버릴 수 없을 것 같다. 그 물건, 그 시간, 그 장소, 그 마음들을.

　그때 우리의 모습이 아직도 생생하다. 너의 웃음과 장난, 떨리던 네 입술, 서로를 바라보던 반짝이는 눈, 깍지 낀 손, 헤어지기 싫은 아쉬운 얼굴.

　많이 외로웠던 만큼 더 많이 애틋했으니까.

반쪽짜리 추억

그때 우리는 풋풋했고 누구보다 반짝거렸지만 실은 반쪽짜리 추억에 불과했다. 언성을 높이고, 서로에게 못된 말들을 퍼붓고, 어떻게든 지지 않으려 자존심 싸움을 했던 시간들.

우리가 어쩌다 이렇게 변해 버렸을까. 우리의 사랑은 어쩌다 이렇게 낡고 퇴색되어 버렸을까. 더는 사랑 같은 건 없다고, 죽었다고 말하는 것만 같았다. 하지만 변한 건 사랑이 아니라 우리였음을 나는 이제야 깨닫는다. 사랑이 무슨 죄가 있겠니.

그립다.
그때의 너와 내가.
그때의 우리가.

슬픈 예감

그런 순간이 있다. 이제는 내가 그를 더 좋아하고 있다는 걸 깨닫는 순간이. 추측은 시간이 지나며 점차 확신으로 변하고, 그가 하는 모든 말과 행동에 의미를 부여하며 눈치를 보기 시작한다. 불안함을 견디다 못해 집착과 구속이 반복되고, 잦은 싸움으로 번지다 결국 헤어짐을 맞게 된다. 그간 나의 이별은 대체로 이런 수순으로 끝났다.

왜 슬픈 예감은 틀린 적이 없나.

노래 가사처럼 정말 그랬다. 흔히 말하는 여자들의 직감보다 내가 가진 촉은 더 예민하게 발동했다. 이런 예민함이 이별을 앞당기게 된 것일까. 탓할 수 있는 게 고작 예민함이라니.

처음부터 줄곧 내게 사랑을 노래하던 사람이 었는데. 멀쩡히 잘 살고 있는 사람에게 다가와 허락도 없이 내 삶을 송두리째 흔들어 놓고서 이제는 사랑이 식었다고, 변했다 한다. 그는 언제나 마음대로 사랑을 말했고, 이별도 제멋대로였다.

그는 시작도, 끝도 모두 일방적이었다. 내가 할 수 있는 건 아무것도 없었다. 그때 나는 몰랐다. 사랑이라는 건 시작은 두 사람이 같이 하지만 둘 중 어느 한쪽이라도 손을 놓으면 끝나 버리고 만다는 걸. 이별 앞에선 그 어떤 수식어도, 이유도, 사연도 그저 의미 없는 변명에 불과하다는 걸.

등 뒤의 온도

한 번쯤은 찾아올 줄 알았다.
네가 한 번쯤은 찾아올 줄 알았다.
내가 있는 곳을 너는 알 테니까.
내가 알려 주었으니까.
적어도 한 번은, 나를 찾아올 줄 알았다.

그래서 어디에 있든, 무얼 하든 자꾸만 주변을
두리번거리곤 했다. 작은 시선 하나도 놓치지 않으
려 애썼다. 혹시나 네가 불쑥 찾아오진 않았을까,
어디에선가 나를 보고 있지는 않을까, 하고.

무색무취의 사람

너 없이 내가 어떻게 살아갈 수 있을까. 오랜 시간 공기처럼 녹아들었는데, 내쉬는 숨결마다 네가 묻어 있는데, 한순간에 그렇게 쉽게 잊을 수 있을까. 성격도, 식성도, 잠버릇도, 하물며 작은 습관까지 이미 물들어 버렸는데 그게 하루아침에 모두 없었던 일이 될까.

고단한 몸을 이끌고 집에 들어왔다. 불 꺼진 텅 빈 집, 나 혼자 현관에 덩그러니 서 있다. 신발도 벗지 않은 채 방 안을 물끄러미 본다. 곳곳에 너의 흔적이, 냄새가 남아 있다. 순간 가슴이 뜨거워져 그대로 주저앉았다. 이럴 땐 차라리 내가 무색무취의 사람이었으면. 아무 빛깔도, 냄새도 없는, 그래서 아무것도 느끼지 못하는 사람이었으면.

연극이 끝난 후

연극이 끝났다.

맛있는 걸 같이 먹을 사람이 없어졌다. 물론 함께한 지난 시간 동안 뭐 하나 마음 편히 먹은 적은 없었던 것 같지만. 특별한 게 없어도 같이 있는 것만으로 즐겁고, 맛있는 걸 먹으면 생각나고, 함께 미래를 그리는 게 사랑이라면, 내가 그와 나눴던 것들은 결코 사랑이라 할 수 없었다. 누군가 그런 말을 했다. 그 사람과 함께 있을 때 변해 가는 내 모습이 마음에 드는 게 사랑이라고. 가장 나다워지는 게 사랑이라고. 그래서 우리의 관계는 더더욱 사랑일 수 없었다. 함께 있으면 행복한 만큼 점점 불안해졌으니까. 무엇보다 그 앞에 서면 내가 한없이 작고 초라하게만 느껴졌으니까.

연극이 끝난 무대 위에는 정적과 고독만 남아 있을 뿐이었다. 지난 시간들이 모두 허무하게 느껴졌지만 차마 부정할 수 없었다. 그동안 나는 혼자 수 차례 헤어질 결심을 했다. 하지만 끝난 줄 알았던 연극은 다시 시작되었고, 내 손으로 쉬이 끝낼 수 있을 거라 생각했는데 마음이라는 건 내 것조차 내 마음대로 되지 않았다.

나는 내가, 우리가 당연히 이 연극의 주인공인 줄 알았다. 애석하게도 그건 나만의 착각이었다. 그래서 이 연극을 끝내기로 했다. 조금 늦었지만, 이제라도. 나는 그저 살면서 잠깐 스쳐 가는 바람이었나. 그는 내게 돌풍이었는데. 그에게 나는 아무것도 아니었기에 훌훌 털어 낼 것도 없다는 사실이 조금 씁쓸하고, 아플 뿐이다.

막이 내리고,
연극은 끝났다.*

---

*샤프 〈연극이 끝난 후〉(1980)를 들으며

흔적

시간이 지나도 그의 흔적을 예상치 못한 곳에서 종종 발견하곤 한다. 지운다고 지웠는데, 정리한다고 정리했는데 무의식 속 어딘가에 그는 여전히 자리하고 있었다. 반가운 마음에 손을 뻗어 보지만 그 이름은 이내 가닿을 수 없는 문자로 변해 버리고 만다.

이제는 영원히 만날 수도, 소식을 전해 들을 수도 없겠지. 그렇게 아무렇지 않게, 마치 처음부터 내 삶에서 없었던 사람처럼 살아가겠지. 그 없이는 단 하루도 살 수 없을 것 같았던 지난 날들이 무색할 만큼. 나의 인생에서 그가, 그의 인생에서 내가, 그렇게 한낱 추억으로 묻혀 갈 것이다.

이런 인연으로
억겁의 시간도 전에
우리 사랑 했었어
우린 그런 사이였었어

눈을 가리는
마음을 가리는 세상이지만
나는 이렇게
너무 또렷이도 기억하고 있는데

무심하게도 그대 눈빛은
언제나 나를 향하지 않아

나를 둘러싼
나를 제외한
모든 사람들은 즐겁다

루시드폴, 〈사람들은 즐겁다〉, 2005

2장
사랑은 계절과도 같아서

봄꽃도 한때 37

뜨거운 나이 39

지난 사랑, 그리고 지금 40

사랑한다는 말 42

상처가 아물 때까지 43

초라함 속에서도 46

그런 날이 있었다 51

안식처 53

봄꽃도 한때

우리는 추운 겨울을 막 지났지만 봄이 채 오기도 전에 헤어졌다. 흔한 봄꽃, 봄바람 한번 느끼지 못하고. 그해 겨울은 유독 길었고, 또 시렸다. 우리의 사랑이, 정확히는 나를 향한 너의 마음이, 이 기나긴 겨울을 끝내 이겨 내지 못했다. 서로의 온기로도 채우지 못했던 지난 날들. 겨울만 지나면 따뜻한 봄이 다시 올 거라는 걸 너는 분명 알고 있었을 텐데.

네가 떠나고 나자 그제야 벚꽃이 만개했다. 나는 헤어질 걸 모르고 눈치 없이 봄이 오는 줄만 알았다. 매년 봄이 오면 벚꽃을 함께 보러 가는 게 당연한 일상이었는데, 이제는 곳곳에 꽃이 흐드러지게 피고 온통 봄의 향기가 진동을 하는데도 너는 내 옆에 없다. 이 묘한 이질감과 적막함에 나는 도무지 어찌할 바를 몰라 몇 번의 봄을 그저 흘려 보냈다.

벚꽃은 몇 주도 안 되는 짧은 기간 동안 온 힘을 다해 찬란하게 색을 발하다 떨어진다. 우리도 생에서 가장 눈부신 20대의 절반을 누구보다 뜨겁게 사랑했지만 결국은 지고 말았다. 벚꽃은 다음 해에 같은 시기, 같은 모양, 같은 색으로 다시 피어오르길 기대하지만 너는 내년에도, 그 이듬해에도 더는 볼 수 없게 되었다.

너는 지금 이 화창한 하늘, 따사로운 봄바람, 난만히 핀 봄꽃을 어떻게 만끽하고 있을까.

봄꽃도 한때였다.

뜨거운 나이

헤어지면 당장이라도 죽을 것 같이 아프고, 사랑할 때는 모든 게 아름다워 보였던 그때. 그러다 시간이 지나고 나이가 든 후 그게 정말 사랑이었을까, 싶은 순간이 있다. 그런 생각이 들면 내가 사랑이라 믿었던 것들이 돌연 허무하게 다가온다.

그때는 누구나 뜨거울 수밖에 없는 나이니까. 뜨거운 몸과 마음을 주체하기 어려워 표현하거나 해소하지 못하면 금방이라도 터져 버릴 것만 같았던 나이였으니까.

지난 사랑, 그리고 지금

새벽부터 도시락을 싸고 부랴부랴 고속버스를 탔다. 두 시간만 잤는데도 전혀 피곤하지 않았다. 나는 이렇게 최선을 다해 노력하고 있다.

오래전, 이별을 통보한 그의 마음을 돌리기 위해 그가 있는 곳으로 달려간 적이 있다. 늦은 밤 통금 시간도 어기고 무작정 택시를 타고 터미널로 향했다. 다녀와서 부모님께 혼날 생각 같은 건 하나도 들지 않았다. 단지 그를 만나야겠다는 일념뿐이었다. 어두컴컴한 고속 도로를 달리던 버스 안에서 나는 꼬박 두 시간을 울었다.

시간이 흘러 나이를 하나둘 먹으니 이제는 모든 것에 대한 열정이 식었다. 일도, 삶도, 사랑도.

그런 내가 지금 졸린 눈을 비비고 또 다른 이에게 달려가고 있다. 예전에 내가 그랬듯 지난 내 열정에 대해, 그리고 지금의 사랑에 대해 내 마음이 결코 식지 않았음을 보여주기 위해서. 나는 하나도 달라지지 않았다고, 여전히 뜨거운 사람이라고, 이렇게 나 자신에게 증명해 보이려 애쓰고 있다. 현재 사랑을 지키기 위한 합리화인지 모르겠지만.

나는 하나도 피곤하지 않다. 나는 괜찮다.

사랑한다는 말

그의 전화를 기다리며 갑자기 사랑한다고 말하고 싶어졌다. 그러다 그런 생각이 들었다.

그렇게 싸우던 우리였는데, 싸울 때는 누구보다 미운 사람인데, 헤어지자는 말도 습관처럼 꺼내던 우린데, 하루도 안 돼 사랑한다 말하고 싶어진 지금 내 감정은 뭐라고 설명해야 할까.

지금껏 내가 그에게 수없이 외쳤던 사랑의 말이, 내 귓가를 간질이던 그의 달콤한 속삭임들이 새삼 낯설게 다가온다.

그 말들은 정말 진심이었을까.
어쩌면.

상처가 아물 때까지

내가 상처를 준 사람, 혹은 내게 상처를 준 사람과 사랑을 할 수 있을까.

나는 그동안 지난 관계들에서 내가 상처 받은 것들만 기억했었다. 의도적인 건 아니었지만 나도 모르게 방어적이고 선택적으로 기억했을 것이다. 그래야 적어도 나는 지킬 수 있었을 테니까. 그러면서 상황을 탓하고, 지난 연인들을 욕하고, 혼자 괴로워했다.

어리석은 생각이었다. 나도 누군가에게 충분히 상처를 줄 수 있는 사람이라는 걸 왜 몰랐을까. 자만이고, 오만이었다. 딱히 좋은 사람이라고 생각

하고 살지는 않았지만 그래도 나는 내가 썩 괜찮
은 사람이라고 믿었는데.

내가 누군가에게 상처를 줄 땐 나도 모르는 낯
선 사람이 되어 버린다. 스치기만 해도 살을 벨 것
같은 아주 날카로운 칼을 손에 쥐고서. 나는 안전
하게 손잡이를 잡고. 그 사람이 내 가시거리에 있
다는 자만으로, 언제까지고 내 곁에 있을 거라는
오만으로, 마구 찌르고 도려낸다. 뭐든 당연한 건
없었다. 고마운 줄 모르고, 소중한 줄 모르고, 그
저 당연하다 생각했다. 이용하고, 함부로 대했다.
어떻게 사람이 이토록 못나고 못될 수가 있을까.

나는 그간 내가 받았던 상처를 전혀 상관없는
사람에게 돌려주고 있었다. 대체 왜. 무엇을 위해.
이렇게까지. 나는 어디까지 타인에게 상처를 줄
수 있는 사람인가. 나는, 어디까지 추락할 수 있는
사람인가. 내게도 이런 모습이 있다는 게 견딜 수
없다. 그래서 상대방에게 겨눈 칼날을 내 쪽으로
돌려 다시 한번 무참히 휘두른다.

사람은 누구나 상처를 주고, 또 상처를 받는다. 그 상처는 다른 누군가의 관심으로, 보살핌으로, 애정으로 치유된다. 상처가 아문 자리에 새살이 돋아나듯 그렇게 조금씩, 다시 사랑할 수 있는 용기를 얻는다. 내가 상처를 준 사람도 결국 다른 사람을 통해 나아지겠지. 그 대상이 내가 될 수는 없는 걸까. 지난 시간을 되돌릴 수는 없겠지만 적어도 그에게 준 상처를 내가 어루만져 줄 수는 없겠느냐고. 내가 엉켜 놓은 실을, 내가 다시 풀면 안 되느냐고. 나는 또 한 번 이기적인 마음을 먹는다.

　　그래, 난 이기적인 사람이었다.

　　이미 후회한다 해도 늦었다. 그저 그의 상처가 아물 때까지 기다리는 것 말고 지금 내가 할 수 있는 건 아무것도 없었다.

초라함 속에서도

그는 며칠째 연락이 되지 않았다. 평소에도 먼저 하는 편은 아니었지만 이렇게 며칠이나 연락이 닿지 않은 적은 처음이었다. 짧은 시간 그를 많이 안다고 생각했는데 이럴 때 그가 어디로 가는지, 누굴 만나는지 나는 하나도 알지 못했다.

내가 누군가를 이리도 걱정했던 적이 있던가. 밤새 뒤척이다 결국 그의 집으로 찾아갔다. 왠지 없을 것 같다는 이놈의 망할 촉이 발동했지만 내 눈으로 직접 확인해야 했다. 역시나 집에는 아무도 없었다. 늘 이불을 가지런히 정돈하던 그가 침대 위를 엉망으로 헝클어 놓은 채, 밥을 먹으면 곧장 설거지를 하던 그가 그릇과 수저를 미처 정리하지도 못한 채 책상에 그대로 두고 집을 나갔다.

나는 그가 걱정돼 초라함을 무릅쓰고 이렇게 한 달음에 달려왔는데, 다른 누군가에게 달려갔을 그를 생각하니 마음이 너무 아팠다. 그러면서도 책상에 놓인 그릇과 수저를 개수대에 씻는다. 얼마나 오래된 건지 음식 찌꺼기가 그릇에 눌어붙어 잘 떨어지지 않았다. 초라함 속에서도, 비참함 속에서도 그릇과 수저를 씻는 내 마음을 그는 알까.

뭐가 그를 급하게 만들었을까. 대체 뭐가 급해서, 밥을 먹고 난 그릇도 그대로 두고 집도 엉망으로 만들어 놓고 어디론가 달려갔을까. 그래도 그가 마음이 아플까 봐, 아프지 않았으면 했다.

생각이 뒤죽박죽 엉켜 집에 돌아와서도 좀처럼 잠이 오지 않았다. 이제야 수면제 없이 잘 수 있게 됐는데, 6년간 먹던 약을 그를 만나고 처음으로 끊게 됐는데, 그가 곁에 없으니 다시 잠이 오지 않았다. 나에게 약을 끊는 게 얼마나 큰 의미인지 그는 아마 모를 것이다. 나도 그를 몰랐다. 그에 대해 아는 게 하나도 없으면서 뭘 안다고 자신했을까.

이렇게 갑자기 연락이 되지 않는 때면 그가 누구를 만나는지, 갈 만한 곳은 어디인지 하나도 알지 못하는데. 그가 언제든 증발해 버릴 것만 같아 겁이 났다. 오늘처럼 갑자기 사라져도 나는 그를 찾을 수 없을 것이다. 이렇게 한쪽이 손을 놓으면 금방이라도 허물어져 버릴 관계였을까. 그에게 나는 그런 존재였을까.

궁금한 것도, 묻고 싶은 것도 많았지만 차마 하지 못했다. 며칠 만에 온 연락에 다짜고짜 전화를 걸어 소리치고 울고 싶었는데 차마 하지 못했다. 사람을 왜 걱정시키냐고, 연락은 왜 안 한 거냐고, 그동안 어디에 있었냐고, 얼마나 걱정했는지 아냐고, 무슨 일이라도 생겼을까 봐 밤새 한숨도 못 잤는지 아냐고. 그가 어디에선가 파도처럼 요동치는 마음을 어떤 쪽으로든 정리하느라 애썼을 텐데, 며칠 내내 무수한 감정들을 뱉어 내느라 지쳤을 텐데, 겨우 잠잠해진 마음에 다시 파동을 일으키고 싶지 않았다. 그럼 내 감정은 어디에다 쏟아야 할까. 이대로 혼자 꾹꾹 눌러 삼켜야 하는 걸까.

아무렇지 않은 척, 괜찮은 척하는 건 내가 잘하는 거니까. 나는 그게 익숙하니까. 혼자 울고 나면 그만이니까.

이제 더는 나올 게 없을 줄 알았던 눈물은 마를 새 없이 비집고 나와 울고 또 울었는데, 그 앞에서는 아무렇지 않은 척 괜찮다 말한다. 힘든 일이 있으면 언제든 연락하라는 마음에도 없는 소리를 한다. 무슨 일 없었으면 됐다고, 이제라도 연락이 닿았으니 그거면 된다고. 조금 지나니 정말 괜찮은 것 같기도 하다. 어쨌든 그가 내 옆을 떠나지 않았으니까. 전처럼 그 앞에서 재잘재잘 수다를 떨고 활짝 웃는 서로의 얼굴을 마주 보고 싶다. 나는 어제 정말 한숨도 못 잤지만 그의 옆에 있을 수만 있으면 그걸로 된 거라고.

그래. 나는 괜찮다. 이건 내 감정이니 내가 알아서 해결해야겠지. 이런 생각이면 그의 감정도 그가 알아서 해결하게 내버려 둬야 하는데, 그가 더는 아프지 않았으면 하는 마음이 자꾸만 든다.

다친 그의 마음을 안아 주고 싶다. 욕심인 걸 알면서도. 힘들거나 아픈 마음을 내게 털어놓고 조금이라도 그가 홀가분해졌으면 했다. 그의 지나친 솔직함 때문에 내가 더 아플 걸 알면서도. 내가 그를 정말로 사랑하고 있구나. 이렇게 되고 나서야 그를 향한 내 마음이 얼마나 컸는지 알게 되었다. 정작 내 마음은 저 멀리 내팽개친 채 그의 마음만 헤아리려고 한다. 나는 또 나의 안녕을 돌보지 않고 있구나. 이렇게 나조차도 사랑하지 않으면서 대체 누구를 사랑할 수 있다고.

나는 사랑을 하면 안 되는 사람이었다.

그런 날이 있었다

　그런 날이 있다. 무슨 일이 있었던 것도 아니고 하루가 썩 나쁘지 않았음에도 이상하게 외로운 날. 누구라도 당장 옆에 있어 줬으면, 하는 날. 몸이 애달픈 날이 있고, 마음이 처연한 날이 있다. 연인이 필요한 날이 있고, 사람이 그리워지는 날이 있다. 어떤 이유든 그런 날에는 마치 내가 소설 『운수 좋은 날』 속 김 첨지라도 된 것 같은 기분이 든다. 분명 아무 일도 없는데 내 감정에 정복 당한 느낌이랄까.

　겨우내 움츠렸던 몸이 기지개를 켜는 봄이다. 만물이 살아 있음을 느끼는 생생하고 찬란한 계절. 그런데 이 싱그러운 계절에 나는 왜 이토록 지독한 외로움에 몸부림치고 있는가. 의사 선생님은 사계절 중에서 의외로 봄에 우울해하는 사람이 많다고 했다. '봄 타다', '가을 타다'라는 말이 괜히 있는 게 아니었구나. 그렇다면 나는 지금 봄을 타고 있는 걸까.

내가 사랑하는 사람은 왜 늘 원할 때 옆에 없는 건지 갑자기 모든 게 원망스럽다. 보고 싶을 때 마음대로 볼 수도, 만질 수도, 안을 수도 없다는 사실이 서러워 느닷없이 눈물이 난다. 이런 날도 있고 저런 날도 있는 거야, 라며 스스로를 애써 달래 보지만 미치도록 적막한 마음은 심연에 잠겨 허우적댈 뿐이다. 오늘은 분명 날씨도 맑고 따뜻했는데 내가 왜 이럴까. 이불에 고개를 처박고 밤새 울 것만 같다.

그래, 그런 날이 있었다.

자고 나면 나아지겠지.

안식처

　몇 번의 연애를 통해 깨달은 것 중 하나는 내가 '취향'을 정말 중요하게 여긴다는 점이었다. 그동안 내가 아닌 다른 사람의 삶에 더 초점을 맞추느라 미처 알지 못했을 뿐. 영화 〈소공녀〉*를 보기 전까지는 분명 그랬다.

　주인공 '미소'는 직업도, 집도, 돈도 없는 30대 여성이다. 가사 도우미로 생계를 유지하고, 비싼 월세 때문에 살고 있던 방을 빼고 친구들 집을 전전한다. 좋아하는 것들이 비싸지는 세상에서 그녀는 의식주 대신 자신이 사랑하는 것들을 택하기로 한다. 하루 한 잔의 위스키, 한 모금의 담배, 그리고 사랑하는 남자 친구. 친구들은 그 사랑 참 염치없다며 나무라지만 내가 본 미소는 누구보다 반짝반짝해 보였다. 물론 현실과 동떨어진 부분도 있겠지만 내가 초점을 둔 부분은 그녀의 확고한 취향이었다. 사람들의 무례와 비난을 감수하면서도 자신이 사랑하는 걸 지키려는 꼿꼿한 심지. 그녀는 특이한 사람이 아니라 특별한 사람이었다.

그런 의미에서 그는 나와 참 많이 달랐다. 나는 맛있는 걸 먹기 위해 한 시간을 기다릴 수 있는 사람이었지만, 그는 아니었다. 수만 명이 한데 모인 야구장은 좋아했지만 야외 페스티벌에 가는 건 싫어했다. 나는 노리플라이 음악을 들으며 위로 받고, 영화 〈라라랜드〉를 보며 오열했고, 노희경 작가의 드라마를 좋아했고, 잔잔히 책 읽는 시간을 즐겼다. 하지만 그는 최신곡만 고집했고, 〈라라랜드〉를 이해하지 못했고, 노희경 작가를 알지도, 궁금해하지도 않았다. 무엇보다 책 읽는 고요한 시간을 견디기 힘들어했다. 거리를 지나는 사람들, 이색적인 풍경, 그날의 날씨를 마음껏 느낄 수 있는 자유 여행을 좋아하는 나와 달리 그는 랜드마크 위주로 다니는 패키지 여행을 선호했다.

옳고 그르다의 문제가 아닌, 그저 취향의 차이일 뿐이었지만 지나고 나서야 알았다. 내가 다른 어떤 것들보다 취향을 중요하게 생각한다는 걸.

누구에게나 마음 속 빈 공간을 메울 수 있는 것들을 하나씩은 가지고 있다. 어떤 사람은 그걸 돈으로 채우고, 어떤 사람은 일, 어떤 사람은 종교로 채운다. 나는 그 '무언가'가 '취향'인 것 같다. 포기할 수 없는, 내가 가장 사랑하는, 그리고 '나'라는 사람을 가장 잘 나타내는 것. 팍팍한 일상에서 유일하게 가면을 벗고 오롯이 나로 존재할 수 있는, 내가 편히 쉴 수 있는 나만의 안식처.

*영화, 〈소공녀〉, 2018

나는

담배, 위스키, 그리고 한솔이 너.

그게 내 유일한 안식처야.

너도 알잖아.

영화, 〈소공녀〉, 2018

3장
우리가 우리였을 때

약속 61

사랑에게서 배운 것 63

감정에 솔직해지는 것 67

결말 69

잃는, 잊는 70

나를 아는 사람 1 71

나를 아는 사람 2 73

나를 아는 사람 3 74

운명 76

약속

우리는 너무 쉽게 사랑을 맹세하고 미래를 약속한다. 결혼을 꿈꾸고, 더 나아가서는 미래에 낳을 아이의 이름까지 장난삼아 만들기도 한다. 어느 영화 속 한 장면처럼 서른 살 내 생일에 피렌체 두오모 성당에서 만나자는 약속도, 아이의 이름은 서로의 이름을 한 글자씩 따서 짓자는 약속도 헤어지는 순간 모두 무의미해지는 거겠지. '우리'라는 이름으로 나눴던 약속이니까.

그런데 참 신기하게도 다른 것들은 대체로 희미해졌는데 함께한 약속들은 지금까지도 마음 속 어딘가에 여전히 자리하고 있다. 눈에 보이지도 않고 잡을 수도 없는 이 약속이라는 형태에 물리적 대상보다 더 강한 힘을 가진 무언가가 있는 걸까.

사랑을 할 때는 당장 이 사람이 아니면 안 될 것만 같고, 그가 없는 삶은 상상조차 하기 힘들다. 그래서 너무 많은 마음을 줘 버린다. 늘 진심이었으니까. 매 순간 최선을 다해 사랑했고 후회하지 않을 만큼 내 모든 걸 쏟아부었다. 언제나 상처를 주고 상처를 받는 것으로 끝이 났지만 그럼에도 나는 또 다른 사람을 만나 그와 새로운 미래를 그리고 지키지도 못할 무수한 약속들을 했다.

　　철은 없지만 열정만은 과다했던 20대와는 다르게 30대가 된 후의 나는 뭐랄까, 약간 시니컬해졌다고 해야 할까. 아메리카노의 맛을 알면 진짜 어른이 된 거라는 우스갯말처럼 세상의 쓴맛을 조금은 알게 된 후 삶에 대해 염세적으로 바뀌어 갔다. 사랑에 대해서도. 그래서 나는 이제 더 이상 그 어떤 약속도, 맹세도 하지 않는다. 상처 받지 않기 위해 자기방어를 하는 건지도 모르겠다.

　　내가 또다시 누군가와 약속을 하고, 미래를 그리고, 행복을 꿈꿔도 되는 걸까.

사랑에게서 배운 것

그는 나에게 노트북 사용법을 알려 주었다. 건조대에 널어놓은 옷들이 메마른 나뭇가지처럼 바싹 말라 버리던 여름날, 나는 자주 그의 허름한 자취방 바닥에 누워 노트북으로 영화를 보곤 했다. 그는 컴퓨터에 젬병인 내게 이것저것 편리한 기능들을 가르쳐 주었다.

"자, 봐봐. 영화를 볼 때 속도를 빠르게 보고 싶으면 C를 누르고, 느리게 보려면 X를 누르면 돼. 영상 크기 조절은 숫자를 누르면 되고."

노트북에 영화를 다운받아 소장하던 시절, 키보드로 C를 누르면 0.1배씩 빠르게, X를 누르면 0.1배씩 느리게 재생 속도를 조절하며 영화를 볼 수 있었다. 우리는 둘 다 성격이 급해서 항상 영문자 C를 두 번 또는 세 번 눌러 1.2나 1.3배 속도로 영화를 봤다. 숫자 2부터 8까지 눌러 화면 크기를 다양하게 조절하기도 했다.

나는 그에게서 그런 것들을 배웠다. 수십 번의 계절이 지나고 OTT(온라인 동영상 서비스)가 나오기 전까지 나는 컴퓨터로 영화를 볼 때마다 당연하게 영문자 C를 누르고 숫자 8을 눌렀다.

그렇게 그는 잠잘 때 베개가 필요하듯, 볼일을 볼 때 휴지가 필요하듯 이제는 너무 익숙해서 당연해져 버린 것들을 알려 주고 떠났다. 그는 그런 사람이었다. 벚꽃이 피면 봄이, 녹음이 짙어지면 여름이, 단풍이 물들면 가을이, 눈이 내리면 겨울이 오는 것처럼 그는 현재에서 과거가 되었고, 그렇게 나를 스쳐 갔다.

그가 구태여 알려 주지 않아도 오랜 시간 살을 부대끼며 서로의 심장을 가까이하다 보니 저절로

알게 된 것들도 있었다. 함께 밤을 보낸 후 그는
항상 발가벗은 채 좁은 방 안을 개구쟁이 아이처
럼 뛰어다녔다. 볼일을 볼 때도 맨몸으로 변기에
앉아 발뒤꿈치를 세워 담배를 피우곤 했다.

"이렇게 하면 똥이 빨리 나오거든."

그는 마치 신대륙을 발견한 콜럼버스라도 된
듯 자랑스레 얘기했었다. 그밖에도 걸을 때 미간
을 찌푸리는 버릇, 있는 힘껏 입을 벌리고 웃는 버
릇, 말끝마다 특이한 어미를 쓰는 버릇까지. 내가
노트북으로 영화를 볼 때 영문자 C, 숫자 8을 누
르는 것과 마찬가지인 거겠지. 굳이 기억하려 하지
않아도 시간이 지나 자연스럽게 하나의 장면으로
아로새겨지는 것처럼.

물론 내가 기억한다고 믿는 그의 성격이나 말
투, 습관들도 어쩌면 무의식중에 왜곡된 것일지도
모른다. 대체로 기억이라는 건 시간이 지날수록
선명해지는 것도 있지만 점점 더 어슴푸레해지는

것도 있으니까. 그리고 좋았던 추억이 그렇지 않은
것들보다 더 오래 남게 되는 법이니까.

　그도 내가 가르쳐 준 사소한 것들, 나의 해묵은
버릇들을 기억하고 있을까. 그에게 나는 어떤 모
습으로 남아 있을까.

감정에 솔직해지는 것

그는 친구로서의 내가 좋다고 했다. 나를 좋아하지만, 나와 친구였을 때가 더 좋았다고 했다. 두루뭉술한 말 속에 분명한 거절이 있었다. 명료했고, 확실했다. 나는 더 솔직할 수 없냐고, 진짜 이유가 뭐냐고 다시 물었고, 그는 모르겠다고 했다.

그 말에 나는 한동안 그의 입술만 멀뚱히 쳐다봤다. 절망적인 것보다 자존심이 먼저 상했다. 친구로는 너무 좋지만 더 많은 것을 공유하고, 관계를 책임지고, 미래를 함께할 만큼은 아니라고 말하는 것만 같아 얼굴이 화끈거렸다.

넌 딱 거기까지야. 나와 다음 단계로 가기 위한 관문에서 넌 탈락했어. 넌 여자로서 매력이 없어.

상상 속에서 수많은 말들이 떠돌아다니다 내 귀에 가차 없이 내리꽂혔고, 메아리가 되어 울리는 그 말들이 나를 비참하게 만들었다. 내가 상처받지 않도록 에둘러 말했겠지만 나는 오히려 그 말이 더 잔인하게 느껴졌다.

그가 비겁하다고 생각했다. 손끝만 닿아도 찌릿하던 20대 때의 떨림은 없어도 좋아하면 그만이라고 생각했던 내가 바보 같았다. 단지 좋아하는 마음만으로 관계를 이어 가기에 30대의 연애는 너무나 많은 변수들이 존재했고, 얻는 것보다 잃는 것을 먼저 생각하게 했다. 그렇다 해도 그는 여전히 솔직하지 못했다. 나에게도, 자신에게도. 보고 싶다고 달려올 용기도, 사랑한다고 말하는 뜨거움도, 나의 행복을 바라는 따뜻한 마음도 끝내 삼켜 버렸으니까. 자신보다 나를 더 빛나게 해 줄 사람을 만나라는 말밖에 하지 못했으니까.

그래서 그는 비겁한 게 맞다.

결말

근데 그거 아니.

우리가 함께 본 그 드라마는 결국 해피 엔딩으로 끝났어. 남자 주인공은 지난하고 지루한 그 관계를 힘들지만 끊어 내고 끝내 여자 주인공에게로 갔거든. 그를 아프게 했던 그 애증의 관계를 말야. 너는 드라마를 보며 너를 떠올렸다고 했지. 그 사람과 너의 관계를 생각했다고. 결말을 다 보지 못하고 덮어 버린 그 드라마처럼 너는 우리의 결말도 미처 알지 못했던 걸까.

너는 어떤 선택을 했니.
그 선택에 정말 후회는 없니.

잃는, 잊는

　그의 일거수일투족 모든 게 알고 싶었다가 이
제는 그가 어디에서 뭘 하며 지내는지, 누구를 만
나 무슨 이야기를 주고받는지, 어떤 생각을 하고
사는지 더 이상 궁금하지 않을 때 비로소 그 사
람을 온전히 떠나보낼 수 있다. 그 사람 옆에 내가
아닌 다른 사람이 서 있는 모습을 상상해도 아무
렇지 않을 때, 그때가 정말 헤어져야 할 때, 그 사
람을 놓아줘야 할 때인 것 같다.

　사랑은 수동적으로 '잃는(혹은 잃어버린)' 게
아니라 능동적으로 '잊는' 과정이라고 생각한다.
그러니 나는 지금 명백히, 자의로, 그를 내 마음
속에서 보내 주는 것이다.

나를 아는 사람 1

　주변 사람들에게 어릴 때부터 줄곧 들어 왔던 얘기가 있다.

　네 속을 도통 모르겠다는 말.

　처음 그 얘기를 들었을 땐 의아했고,
두 번 들었을 땐 그럴 리가 없다며 부정했고,
세 번 들었을 땐 그 말의 의도가 궁금했고,
네 번 들었을 땐 익숙해졌고,
다섯 번 들었을 땐 잘 숨겼구나, 생각했다.

　그 말을 셀 수 없이 듣게 된 지금, 이제야 나를 인정하게 됐다. 내가 사람들에게 눈에 보이지 않는 선을 긋고 있었다는 걸. 그건 한 번 만난 사람이든 가깝게 지내는 사람이든 관계없이 모두에게 적용되는 마음의 벽이었다.

나는 내 마음을 다른 사람에게 허심탄회하게 털어놓는 게 쉽지 않은 사람이었다. 그들은 내게 어디까지나 '타인'에 불과했으니까. 말해 봤자 뭐가 달라질까, 상대방이 진짜 내 모습을 알면 실망하지 않을까, 나를 이상하게 보면 어쩌지. 이런저런 생각들에 두렵고 겁이 났다. 기쁨은 나누면 두 배가 되지만 슬픔은 전염되는 거라 생각했으니까. 그래서 나는 언제나 쉬운 길을 택했다. 말하는 쪽보다 들어주는 쪽을.

나는 그런 사람이었다.

유쾌하고 밝은 사람. 짓궂은 장난으로 상대를 웃게 하고 어떤 얘기든 묵묵히 들어 주는 사람.

남몰래 울며 혼자 삭이는 사람. 한참이 지나서야 그때 그랬었다고 웃으며 말하는 사람.

나를 아는 사람 2

그래서 나는 언제나 이런 나를 알아주는 사람을 목말라했고, 오래 기다려 왔다. 그런 사람이 실제로 존재할지 의문이 들기는 했지만 혹 정말 있다면, 그 사람이 내 옆에 있다면, 나는 그 사람과 언제고 함께할 수 있겠노라고.

아주 깊은 곳에 꽁꽁 숨겨 둔 내 속마음을 나도 모르게 고백하게 되는 사람. 함께 있으면 자연히 마음이 편안해지는 사람. 실없이 자꾸 웃게 되는 사람. 말간 웃음 뒤 촉촉하게 젖은 눈망울을 먼저 알아보는 사람. 내가 미워하는 내 모습마저 따뜻하게 안아 주는 사람.

나를 아는 사람.

나를 아는 사람 3

아주 가끔 나를 알아보는 사람을 만날 때가 있는데, 신기하게도 그 사람이 나를 알고 있다는 걸 나도 직감으로 어렵지 않게 알 수 있었다. 하지만 그 발견은 되레 불편함으로 다가왔다. 내가 어떤 표정을 짓든, 어떤 행동을 하든 주위를 둘러보면 그 사람은 어디에선가 다 안다는 듯한 인자한 얼굴을 하고 나를 그윽하게 바라보고 있었다. 그래서 그 사람을 만날 때마다 긴장이 됐다.

그 사람은 나를 어떻게 알아보는 걸까.

나를 아는 사람을 그토록 원하고 찾았지만 정작 내가 느꼈던 감정은 반가움과 편안함이 아닌, 피로와 불안이었다. 마치 발가벗은 몸을 들키는 듯한 기분. 나를 알아봐 주는 것과 나를 파악하는 것은 엄연히 다른 감정이었다.

　그렇다면 나는 아직 나를 아는 사람을 만나지 못한 걸까. 속마음을 숨겨야만 했던 이유, 뾰족한 마음 이면에 품고 있는 천진난만함, 혼자만 앓고 있던 깊은 상처들, 이따금 예고 없이 튀어나오는 우울까지, 기다려 주고 보듬어 줄 누군가가 어딘가에는 있지 않을까.

　나를 아는,
　나를 알아봐 주는,
　나를 안아 줄 사람이.

운명

　나와 닮은 사람을 만났다. 그는 식성도, 유머
코드도, 좋아하는 음악도, 생각하는 것도 나와 참
비슷했다. 내게 가장 중요한 부분인 취향마저도.
마치 오랫동안 기다린 사람인 것만 같았다. 그는
나와 닮은 사람이었고, 나를 아는 사람이었다. 나
에 대해 얼마나 아느냐며 일부러 까칠하게 굴었지
만 그는 분명 나를 잘 알았다. 근데 그게 하나도
불편하지 않았다. 발가벗은 기분이 들지 않았다.
처음이었다. 우리는 서로를 알아봤고, 짧은 시간
에 급속도로 가까워졌다.

　그동안 나는 상대방을 알기까지 꽤 긴 시간이
필요했다. 하지만 그를 보며 만남의 기간은 그렇게
중요한 게 아닐지도 모른다는 생각을 했다. 오랜

연애가 끝나고 새로운 상대와 몇 달 만에 결혼하는 사람들이 있는 것처럼 결국 정해진 인연은 따로 있는 게 아닐까, 생각했다. 만날 사람은 이렇게 만나게 되는 거라고. 그를 알면 알수록 나 같은 사람이라는 생각이 계속 들었다. 신기했고, 내심 반가웠다. 세상에 나 같은 사람이 어디 있냐고 콧방귀를 꼈던 게 무색할 만큼. 누군가를 알아 갈 때, 시간은 정말 중요하지 않을지도 모른다.

우리는 서로를 알아봤지만 그는 나보다 더 자신과 닮은 사람 곁으로 떠났다. 나를 혼자 남겨둔 채, 그렇게 홀연히 사라졌다. 나는 그에게 연민을 느꼈는데, 그는 그녀가 안쓰럽다고 했다. 자꾸 마음이 쓰인다고, 자신이 아니면 그녀를 지켜 줄 사람이 없을 것 같다고 했다. 오만한 생각이었다. 그녀를 지키기 위해 그는 끝내 자신을 버렸다. 그리고 나를 한 번 더 버렸다. 잔인하게. 나도 그를 잘 알았다.

나와 닮은 그를 보면서 어쩌면 이런 게 운명이

아닐까, 생각했다. 처음이었다. 그는 자신과 닮은 그녀를 보며 운명을 생각했는지 모른다. 그녀와의 추억이 있는 곳에 나를 데려가고, 그곳에서 내가 그와의 새로운 추억을 그려 나갈 생각에 들떠 있을 때 그는 그녀와의 추억을 떠올렸는지 모른다. 만날 사람은 언젠가는 만나게 된다는 말, 저마다 인연은 따로 있다는 말, 지겹다. 그는 그녀에게 받은 상처를 그 방식 그대로 나에게 줬다. 서로를 알아봤다고 생각한 건 나만의 착각이었다. 그는 나를 알아보지 못했다.

인생은 타이밍이다. 내가 먼저 그를 만났더라면, 혹은 그가 그녀를 충분히 다 게워 낸 후 나를 만났더라면 어땠을까. 다 부질 없는 생각이었다. 결국 시간은 중요했다. 오래 쌓아 온 두 사람의 시간 앞에 내가 그와 나눴던 짧은 시간들은 아무런 힘이 없었다. 둘 사이에는 내가 모르는 수많은 것들이 여전히 자리를 지키고 있을 테니까. 추억의 힘은 때로 아무것도 아닐 때도 있지만 이렇게 사람을 한없이 비참하고 무력하게 만들기도 하니까.

그들은 견고했고, 나는 파도가 휩쓸고 지나가면 이내 허물어지고 마는 모래성일 뿐이었다. 나의 존재가 잠시 위태로웠던 그들의 사랑을 더 단단하게 만들어 주는 계기에 불과했던 걸까. 내 사랑이 그렇게 가벼웠나. 그에게 나는 대체 뭐였을까. 우리가 함께한 그 짧은 시간들은 정말 아무런 의미가 없었을까.

그는 참 좋은 사람이었다. 그런데 결국엔 나를 아프게 하고 내게 상처를 준 사람이 정말 좋은 사람인 걸까. 감정은 사라지고 결과만 남는다는 말이 있지만 그럼에도 그는 내가 그로 인해 얼마나 성숙해졌는지 모를 것이다. 우리는 서로를 전혀 몰랐다.

나는 차마 그에게 사랑한다고 말하지도, 그의 행복을 빌어 주지도 못했다. 그리고,

나는 이제 더는 운명을 믿지 않는다.

내가 진짜 안 미운가?

사람을 알아 버리면,
그 사람 알아 버리면,
그 사람이 무슨 짓을 해도 상관없어.

내가 널 알아.

TvN 드라마, 〈나의 아저씨〉, 2018

4장
지난 시간들마저 사랑할 수 있다면

살아간다 85

그들의 안녕 86

한낮의 꿈 87

괜찮은 사람 89

애도 기간 91

지나고 나서야 94

건축학개론 95

나를 지키는 일 98

살아간다

새로운 누군가가 내 마음에 또다시 자리 잡을 때까지, 그때까진 나를 바라보던 또렷한 너의 눈망울로 산다. 아이처럼 해사하게 웃어 주던 너의 미소로 산다.

온전히 나만의 것이었던, 나를 위해 존재했던, 그러나 지금은 아득히 기억 속으로 멀어져만 가는 그것들로부터, 나는 살아간다.

그들의 안녕

내가 사랑했던 이들은 어떤 사람과 결혼하게 될까. 지금 내 옆에 있는 이 사람 또한 내가 아니라면 누구와 결혼을 할까. 깡마르고 키가 큰 여자일까. 아니면 글래머러스한 여자일까. 능력이 뛰어나거나 재산이 많은 여자일까. 그도 아니면, 바다처럼 넓은 마음을 가진 여자일까.

누가 됐건 그가 나보다는 아주 조금만 덜 행복했으면 좋겠다. 이미 지난 옛사랑들의 불행을 비는 건 어쩐지 유치하고 속이 좁은 마음이긴 하지만 그냥, 그랬으면 좋겠다. 그래서 살다가 가끔, 아주 가끔은 나와의 연애를, 그때의 우리를 떠올리면서 잠시라도 그 시절을 추억했으면 좋겠다. 지금의 나처럼. 그땐 그랬었지, 하고.

한낮의 꿈

꿈을 꿨다.

계속되는 컨디션 난조로 선선하고 맑은 날씨에도 주말 내내 나가지 않고 낮잠을 자고 있었다. 꿈에서 나는 지난 연인들과 함께였다. 서로 전혀 연관된 것이 없었지만 꿈속에서는 그 어떤 것도 가능했다. 아주 가끔 한 명씩 따로 나온 적은 있었어도 이렇게 한꺼번에 나온 건 처음이었다.

꿈은 1인칭 주인공 시점이기도 했다가 전지적 작가 시점이기도 했다. 그들을 한 명씩 조우했을 때 얼굴이 화끈거려 숨고만 싶었다. 분명 낮잠 속 개꿈이었지만 이렇게 생생한 꿈은 오랜만이라 어떻게 받아들여야 할지 당황스럽다.

꿈에서 만난 그들은 어릴 때 그대로인 것 같기도, 나이가 들어 조금은 성숙해진 것 같기도 했다. 시간이 흘러 한 번도 만난 적이 없으니 그 모습은 결국 무의식의 내가 상상한 현재의 모습이었다. 그들의 나이 들어 가는 모습이 문득 궁금하기도 했다. 내가 나이를 먹은 만큼 그들 역시 얼굴에 주름도 생기고 배도 나온 아저씨가 되어 있을까.

이후 그들과 어떤 이야기를 나눴는지는 잘 기억나지 않는다. 그저 갑작스레 만난 상황 자체가 무서울 만큼 또렷할 뿐이다.

언젠가 한 번쯤은 우연히 마주치지 않을까. 이런 생각을 종종 하긴 했지만 신기하게도 한 번도 만난 적은 없었다. 그래도 만약에, 정말 만약에, 예기치 못한 날, 장소, 시간에 갑자기 만나게 된다면 내가 먼저 손 내밀어 악수를 청하고 싶다. 그땐 꿈에서처럼 당황하지 않고 환하게 웃으며 인사를 건네고 싶다.

괜찮은 사람

    돌아보면 지난 연인들은 모두 괜찮은 사람들이었다. 짧은 만남이든, 오래 아팠던 만남이든 생각해 보면 다 좋은 사람들이었다. 결국 이별로 끝났을지라도 그건 그들과의 사랑이 끝났을 뿐 그 사랑이 없던 일이 되는 건 아니니까. 그저 나와 더 이상 맞지 않았던 사람들일 뿐이니까. 친구들은 그게 뭐가 괜찮은 사람인 거냐며 놀리곤 했지만 그만하면 썩 괜찮은 사람들이었다. 정말 그랬다.

    이제 와 나는 그게 너무 고맙다. 그간 나의 선택들에, 그리고 내가 택했던 그 사람들에게. 철없던 시절일지라도 흉흉한 세상에 이 정도면 제법 뽑기 운이 나쁘지 않았던 것 같다고. 자다가 갑자기 이불을 걷어찰 만큼 부끄럽고 수치스러울 때도

있지만 그것마저 귀여운 추억으로 남을 수 있어,
피식 웃으며 그때를 떠올릴 수 있어 다행이라고.
어느 것 하나 잘못된 사랑은 없었다고. 그 인연들
모두가 참 귀하다고.

  그래서 후회는 없다. 긴 인생, 짧았던 청춘의
한 페이지를 누구보다 반짝이게 해 줬던 사람들
이니까. 훗날 돌아봤을 때 그 시간들을 아름답게,
뜨겁게 기억할 수 있게 되었으니까.

애도 기간

무엇이든 헤어짐을 겪고 난 후 몸과 마음을 추스르는 시간이 필요하다. 나는 이를 애도 기간이라 불렀다. 첫 연애가 끝났을 때, 이별도 처음이라 이 상황을, 이 감정을 어떻게 받아들여야 할지 몰랐다. 늘 그랬던 것처럼 다시 연락을 주고받을 것 같고, 늦은 새벽 불쑥 술에 취한 그에게서 전화가 올 것만 같고, 아무렇지 않은 듯 예전처럼 우리의 관계가 계속될 것만 같았다. 우리를 이어 주었던 선은 끊어진 게 아니라 잠시 어긋났을 뿐이라고. 그렇게 기다리고, 또 기다렸었다.

그 후 몇 번의 헤어짐을 더 경험하며 이별에 무뎌진 줄 알았다. 대상도, 추억도 다 달랐지만 약간 담담해졌을 뿐 이별은 여전히 힘들고 아팠다.

그래서 언젠가부터 나는 충분한 애도 기간을 보낸 후 새로운 연애를 시작했다. 감정에도 순서가 있다고 생각했으니까. 헤어지자마자 곧바로 새로운 인연을 찾는 사람들도 많지만 애석하게도 나는 그런 사람은 아니었다. 사람은 사람으로 잊혀진다는 말이 나에게는 해당되지 않았다. 그래서 힘들 땐 실컷 힘들어하고, 눈물이 나올 땐 일부러 펑펑 울어 버리고, 자꾸 생각이 날 땐 함께한 추억을 밤새 곱씹는다. 복잡한 감정을, 견딜 수 없는 마음을, 미치도록 외로운 이 상황을, 그냥 흘러가도록 내버려 둔다. 억지로 누르지 않고 있는 그대로 느끼고, 슬퍼하고, 흘려 보낸다. 차근차근, 차곡차곡. 그러다 보면 딱 잘라 얘기할 수는 없지만 '이만하면 됐다.' 싶은 순간이 불현듯 찾아온다.

이게 내가 지난 인연들에게서 배운 이별을 극복하는 방법이다. 비록 시간이 오래 걸려도, 내 젊은 시절에서 사랑한 날들이 그렇지 않은 날보다 적을지라도, 훗날 찾아올지 모를 새로운 사랑에 대한 배려이자 내 마음에 대한 예의이기도 하다.

그래서 이 애도 기간이 내게는 무척 소중한 시간이다. 지난 사랑을 그리워하는 동시에 미처 돌보지 못했던 나를 사랑하는 시간이기도 하니까.

연애를 통해 얻은 가장 큰 수확은 내가 모르는 또 다른 내 모습을 발견하는 것이었다. 나는 누군가를 사랑하며 '내가 이런 사람이었다고?' 싶은 순간들을 엄청나게 많이 마주했다. 혼란스럽고 납득하기 어려울 때도 있었지만 그 과정을 통해 비로소 나를 알고 이해할 수 있었다.

연애를 하지 않는 기간은 잠시 잊고 있었던 나를 재발견하는 시간이다. 내가 어떤 걸 좋아하고 싫어하는지, 어떤 걸 할 때 행복한지, 어떤 특이점에 열광하거나 분노하는지, 같은 것들. 이 애도 기간을 통해 '나'라는 사람을 다시 찬찬히 쌓아 나간다. 이것 또한 사랑하는 시간이겠지.

다 울었니? 그럼 이제 마음 한 곳에 누군가를 위한 자리를 다시 비워 두자.

지나고 나서야

시간이 지나고 나니 그게 사랑이었더라.
그때는 몰랐었지만.

이제는 안다.

그는 이미 나를 떠난 지 오래되었지만 그가 내
게 준 것들, 내가 그에게 했던 것들 모두 사랑이었
음을.

건축학개론

누구나 자신만의 〈건축학개론〉* 또는 〈기억의 습작〉**이 있을 거라 생각한다. 누군가의 스무 살, 누군가의 첫사랑.

첫사랑이라는 단어는 생각만 해도 공연히 아련해진다. 서리를 맞은 꽃봉오리가 금방이라도 터질 듯 부풀어 오른 모양새를 지켜보는 것처럼 가슴이 파르르 떨리고 아리다. 온도로 따지면 펄펄 끓는 100℃라기보다 미열로 온종일 끙끙 앓는 37℃쯤에 더 가깝지 않을까.

첫사랑이 이토록 애틋한 건 대체로 시절과 관련이 있다. 아무것도 몰라서 천연했고, 처음이라서 모든 것이 당황스럽고 새롭기만 했던 그 시절.

첫사랑을 떠올리면, 어리고 순수했던 그때의 내 모습도 함께 불어와 잠시 머물다 풋내를 풍기며 흩어진다.

예전부터 첫사랑은 추억으로만 남겨 둬야지 구태여 꺼내 보지도, 애써 찾지도 말라는 말이 통념처럼 전해진다. 시간이 지나 첫사랑을 다시 만나면 예전과는 너무도 달라진 서로의 모습에 실망하기도 하고 세월을 새삼 실감하기 때문이라고. 그래서 첫사랑은 가슴에만 묻어 두는 게 추억을 그 자체로 아름답게 간직할 수 있는 거라고.

나도 가끔씩 첫사랑이 생각날 때가 있다. 한 번도 만나진 못했지만 문득 어떻게 살고 있는지, 어떻게 변했는지 궁금하기도 한데 살짝 겁이 나는 것도 사실이다. 내가, 혹은 그가 실망할까 봐. 그렇다고 서로가 기억하는 그 시절의 모습과 함께했던 추억이 없던 일이 되는 것도 아닌데.

모든 나이가 한 번밖에 없는 거지만 스무 살은

다른 나이에 비해 유독 더 유일하다고 느껴진다. 치기 어리고, 순수하고, 서툴렀지만, 그럼에도 마냥 행복했던 시절이니까.

여전히 마음 한 모퉁이에 살포시 잠들어 있는 나의 스무 살, 그리고 나의 첫사랑.

---

*개봉 이후 많은 이들에게 첫사랑을 떠올리게 했던 한국 멜로 영화 (2012). 이 영화로 주인공 '수지'는 국민 첫사랑이 되었다.

**1994년 발매된 전람회 1집 [exhibition] 타이틀 곡. 원래도 유명했지만 영화 〈건축학개론〉에 수록되면서 첫사랑을 상징하는 노래가 되었다.

나를 지키는 일

그가 입원했다는 병원으로 찾아갔다. 허리를 다쳤다고 했다. 전부터 하루에 꼭 한 번씩 허리가 아프다며 투덜대던 그였다. 같이 간 동네 병원에서 원래부터 약했던 허리 뼈를 지방이 자꾸 눌러 아픈 거라는 말을 들었다. 키득거리며 비웃었는데 결국 허리를 다친 모양이었다.

엄마가 있다는 말을 그는 하지 않았다. 이럴 줄 알았으면 꽃다발이라도 하나 사 들고 가는 건데. 하긴 내가 병문안 갈 거라는 말을 안 했으니까. 당연히 혼자 있을 거란 생각에 그와의 서프라이즈 만남을 상상했다. 생각만으로도 애틋하고 설렜다.

병실 문을 열자 그를 놀라게 하려던 내가 되레

당황했다. 환자복을 입은 그는 수술한 사람 같지 않게 건강해 보였다. 해맑은 표정으로 내게 손짓했지만 그도 적잖이 당황한 듯 했다.

고풍스러운 느낌이 풍겼다. 그의 어머니는. 눈가에 핀 굵은 주름마저 너그러워 보였다. 부드러운 웃음까지. 입 모양은 누구야, 라며 그를 향해 움직이는 듯 했지만 눈은 계속 나를 응시하고 있었다. 잠시 후 그녀는 전화를 받더니 주변 곳곳을 정리했다. 맞은편에 앉은 나는 처음 병실에 들어선 순간부터 어찌할 바를 몰라 안절부절못했다. 마침내 그녀가 입을 뗐고, 나는 반짝반짝한 눈을 하고 그녀의 첫 마디를 기다렸다.

"조금 있다가 교회 손님들 오실 거니까 잠시만 밖에 나가 있어 주겠니."

누가 온다는 소리에 나도 모르게 같이 짐을 챙기고 서둘러 병실을 빠져나왔다. 엉거주춤 뒤따라 나온 그를 마주하고 나서야 눈물이 떨어졌다.

"내가 창피한 거야?"

"아니, 그게 아니고……. 엄마한테 여자친구 있다는 얘기를 아직 안 했어."

그 말이 사실이든 아니든 여자의 직감으로 그의 어머니는 아마 한 눈에 나를 알아봤을 것이다. 건물 밖으로 나오자마자 알 수 없는 후회가 밀려왔다. 내가 왜 이런 취급을 받아야 하는 걸까. 한 마디라도 당당하게 하고 나올 걸 그랬나. 그 자식 뺨이라도 한 대 후려갈겼어야 했는데. 근데 내가 그럴 깜냥이나 되나. 그랬다면 그가 난처해지지 않았을까. 여러 가지 생각이 머릿속에 뒤엉켰다. 다시 돌아간다면 그 길로 곧장 자리를 박차고 나왔을 텐데. 하지만 그때 나는 그러지 못했다. 스무 살의 나는 너무 유약했으니까.

병원 로비까지 연결된 기다란 통로, 그 길을 홀로 걸어가던 나를 기억한다. 사람들이 볼세라 입을 앙 다물고 손으로 눈물만 훔치던, 차마 소리 내어 울지 못하던 나를, 그 초라함을 기억한다.

그때 나는 나를 지키지 못했다. 당장 내 앞에 있는 사람을 사랑하는 게 나를 사랑하는 것보다 우선이었고, 오직 사랑만이 나를 보호해 줄 거라 철석같이 믿었다. 상대방을 사랑하는 게 곧 나를 사랑하는 일이라 생각했다.

　　지금은 초라함 속에서도 나를 지킬 수 있는 어른이 됐다. 여전히 잘 안 되긴 하지만 그래도 전보다 아주 조금은 나를 지킬 수 있게 되었다. 사랑이 나를 온전히 보호해 주지 못한다는 것도 알만 한 나이가 됐다. 내가 나를 지켜 주고 사랑해 주는 게 그 무엇보다 중요한 일이라는 것도.

난 멀어지는 내 사랑이 보여
난 잡지 못해 말하지 못해

툭 떨어지는 후회들이 보여
난 한참을 멍하니 서 있어

나는 네 눈만 보면 모두 알아

멋진 마음이 아니란 것도 다

이제는 나만이 날 사랑할 수 있겠구나

긴 시간이 지난 후야

너는 결국 떠난 지 오래지만

이제는 나만이 날 사랑할 수 있단 걸 알아

최유리, 〈툭〉, 2021

5장

사랑의 형태는 저마다 달라서

이런 게 사랑이라면 107

잘 살기를 바라는 마음 108

주는 사랑 109

돌아갈 곳이 있다는 건 111

좋은 사람 곁에는 112

내일 114

내가 나일 수 있을 때 116

사랑하는 마음들 118

너를 통해 나를 본다 119

이런 게 사랑이라면

나는 이제 아무것도 아닌 일에도 너를 투영하고, 너를 생각하고, 너를 떠올린다.

내가 살아가는 삶에 모든 것들이 온통 너로 가득 차 있다. 보드라운 바람 속에도, 벤치에 누워 올려다 본 햇살에도, 나풀대는 푸른 잎사귀 소리에도, 읽다 만 책 옆에도, 가지런히 놓아둔 식탁 위 수저에도.

이런 게 사랑이라면, 아마도 나는 지금 사랑을 하고 있는 거겠지.

잘 살기를 바라는 마음

오래 알고 지낸 언니가 스쳐가듯 한 말이 있다.

어릴 땐 헤어진 남자 친구마다 미운 마음에 저주를 퍼붓곤 했는데 이제는 그냥 다 잘 살았으면 한다고. 그래도 한때 사랑했던 사람인데 잘 못 지낸다는 소식이라도 들으면 얼마나 마음이 안 좋은지 아냐고. 어쨌든 내가 선택한 사랑이지 않냐고. 철이 없어서, 상황에 떠밀려서, 외로워서 홧김에 한 것이라도 결국은 내가 택한 사람들이라고. 지금은 소식조차 알 수 없지만 치기 어렸던 오래전의 나도 그 시절에 함께 존재하고 있는 거라고.

그래서 이제는 행복하게 살았으면 한다고. 다들 잘 살기를 바란다고.

주는 사랑

누군가는 받는 사랑에 익숙하고, 누군가는 주는 사랑을 더 좋아한다고 말한다. 나는 후자에 속했다. 사랑 받는 것이 어색해 벽을 쌓았고, 나를 좋아한다는 사람이 있으면 의심부터 먼저 품었다.

나를 얼마나 봤다고? 난 좋은 사람이 아닌데.

낮은 자존감 때문이었다. 그래서 사랑을 받는 것보다 주는 것이 훨씬 마음 편했다. 경상도 사람이라 무뚝뚝한 편인데도 내 마음을 말하고 행동하는 게 그리 어렵지 않았다. 남자였다면 인기가 엄청났을 텐데, 하는 우스운 생각을 할 만큼. 평소에는 비교적 무심하지만 연애할 때 나는 누구나 그렇듯 사랑이 충만한 사람으로 변했다.

어떤 사람들은 주는 사랑은 사랑이 아니라고 한다. 하지만 내게는 내 사랑을 원 없이 노래하는 것도 분명한 사랑의 범주에 속했다. 내가 주는 사랑에 행복해하는 상대의 모습을 보는 게 가장 큰 행복이었으니까.

주는 사랑에 익숙하다 보니 사랑을 받는 법을 몰랐다. 부어도 부어도 가득 차지 않는 내 결핍을 미리 알아 버린 탓일까. 그래서 차라리 궁핍한 산타클로스가 되는 게 편했다. 주머니에 든 게 아무것도 없는데도 주고 또 주는 쪽을 택했다. 가끔은 내가 주는 것만큼 나도 무한하게 사랑 받고 싶다는 생각을 할 때도 있다. 그러다 내 마음 같은 사람은 없다는 걸 알기에 금세 포기해 버리곤 했다.

언젠가는 나도 받는 사랑에 익숙할 때가 올까. 쉽게 채워지지 않는 걸 알면서도 계속 내게 사랑을 부어 주는 사람이 있을까.

돌아갈 곳이 있다는 건

어떤 상황에 처해 있든 일과를 끝낸 사람들은 대체로 집으로 향한다. 늦은 밤 독서실 앞에서 기다리던 아빠의 팔짱을 끼고 조잘조잘 떠드는 수험생, 집에서 시원한 맥주를 들이켤 생각에 퇴근 후 편의점에 들르는 직장인, 저녁 메뉴로 티격태격하며 장바구니에 식재료를 담는 신혼부부.

때론 각자에게 짊어진 삶의 무게가 버거워 그대로 주저앉을 것만 같을 때도 있지만, 다시 몸을 일으킬 힘이 되어 주는 곳. 내가 가장 안전하게 숨을 수 있는 곳. 내 집이든 아니든, 누군가 옆에 있든 아니든, 그 자체로 참 위로가 되는 곳.

돌아갈 곳이 있다는 건 그런 것이다.

좋은 사람 곁에는

좋은 사람 곁에는 좋은 사람이 있다고 했다. 지난 시간들을 돌이켜 보면 내 곁에는 좋은 사람들이 많았다. 나를 아프게 하는 사람도, 슬프게 하는 사람도, 외롭게 하는 사람도 많았지만 모두 나를 건강하게 만드는 자양분이었음을 깨닫고 나니 어느 것 하나 도움 되지 않은 것이 없었다. 그런 의미에서 나는 감사하게도 좋은 사람들 틈에서 비교적 안락하게 청춘을 보냈다.

한때는 그런 생각을 한 적이 있다. 좋은 사람 곁에는 좋은 사람이 있다고 했으니 어쩌면 나도 좋은 사람이지 않을까, 하는. 하지만 나는 그동안 타인에게 좋은 사람으로 보이는 것만 생각하느라 정작 나 자신에게는 나쁘고 불친절한 사람이었다.

타인에게 한없이 관대하면서 스스로에게는 이토
록 엄한 잣대를 들이대는 건 결국 그만큼 자신을
믿지 못하고 사랑하지 않았기 때문이었다. 나에게
나는 결코 좋은 사람은 아니었다.

한 가지 확실한 건 이런 복잡한 상념들에도 내
주변에는 끊임없이 좋은 사람들이 있었다는 것.
아무리 생각해도 나는 그렇게 좋은 사람이 아닌
것 같아 이런 호사를 누려도 되는지 모르겠지만,
그럼에도 좋은 사람 곁에는 좋은 사람이 있다는
말을 한번 더 믿어 보기로 했다. 어쩌면 나도 누군
가에게는 정말 좋은 사람일지 모른다고. 언젠가
는 나 자신에게도 좋은 사람이 될 수 있을 거라고.

내일

무료함을 견디다 못해 아주 짧은 찰나의 쾌락만 찾게 되는 바야흐로 도파민의 시대. 하루하루가 쳇바퀴 돌 듯 똑같아서 우리는 금방 싫증을 내고 쉽게 지루해한다. 이렇게 노예처럼 일만 하다 생을 마감하는 건 아닐까, 더 나은 삶이 있기는 한 걸까, 생각하며 미래를 비관할 때도 있다. 사실 이건 요즘 내가 주로 하는 생각이기도 하다.

그런데 자세히 보면 매일 하늘 색이 다르고, 바람의 속도가 다르고, 구름의 크기가 다르고, 달의 모양이 다르다. 매일 같은 시간에 밥을 먹고 같은 사람을 만나는 것 같아도 음식 메뉴가 다르고 대화의 내용이 다르다. 똑같은 해가 뜨고 지는 것 같지만 그것도 자세히 보면 미세하게 분명 다르다.

그렇게 따지면 그제와 어제가 달랐고, 어제와 오늘이 다르고, 오늘과 내일도 다를 것이다. 그러니 무너지지 말자고, 나를 버리지만 말자고.

이런저런 사색을 하며 일기를 쓰다 문득 내일이 어쩌면 당연히 오는 게 아닐지도 모른다는 생각이 들었다. 자다가 나도 모르게 갑자기 숨을 쉬지 않을 수도 있고, 예기치 않은 사고를 당할 수도 있다. 누구에게나 언제든 있을 수 있는 일이니까. 물론 나는 여전히 삶이 버겁고, 힘들다. 때로 사는 게 지겹기도 하고, 가끔은 숨이 막힌다. 그럼에도 오늘 밤이 지나면 당연한 듯이 내일을 맞을 수 있다. 삶에 감사하다거나 하는 그런 구태의연하고 경건한 생각까지는 아니지만 그래도 나에게는 당연한 것처럼, 늘 그래 왔던 것처럼 내일이 있다. 오늘보다 1mg이라도 나아질 내일이.

눈을 뜨면 아침일 수 있는 것. 아주 작을지라도 그런 희망과 믿음이 아직은 내게 존재한다는 것. 그 마음 하나로 나는 오늘도, 내일도 살아간다.

내가 나일 수 있을 때

철없던 20대, 연애를 대하는 내 자세는 다소 수동적이었다. 본능적으로 이성에 대한 호기심은 넘쳤지만 보수적이고 엄격했던 아빠의 영향으로 환상은 늘 무섭고 두려운 존재로 둔갑해 버렸다. 그래서 사람 대 사람으로 편하게 대하는 방법조차 몰라서 남자 앞에만 서면 그저 뚝딱거렸다.

다행히 지난 연인들은 내가 별다른 노력을 하지 않아도 먼저 다가와 줬고, 덕분에 어렵지 않게 연애를 시작할 수 있었다. 그때 나는 '여자는 자신을 좋아해 주는 남자를 만나야 한다'는 고리타분한 생각에 사로잡혀서 누가 나 좋다고 하니까, 연애가 어떤 건지 궁금하니까 만나는, 자존감 낮은 사람의 흔한 연애 수순을 밟았다.

'이게 다 나를 사랑해서 그런 거겠지.'

'이번만 참고 넘어가면 바뀔 수 있을 거야.'

아니다 싶은 것들 앞에서도 나는 늘 이런 생각으로 연애를 계속 이어 갔다. '나'보다는 항상 '그'가 우선이었고, 정작 내 마음에 구멍이 점점 커지는 것도 모르고 그저 쏟아붓기 바빴다.

30대가 된 지금, 전과는 달라진 점이 있다면 이제는 '그'보다 '내'가 더 중요하다는 것. 하지만 나는 어떤 외모, 성격, 가치관을 가진 사람을 좋아하는지, 상대방의 어떤 부분을 가장 중요하게 생각하는지, 내가 어떤 연애를 하기를 원하는지, 여전히 나에 대해 모르는 게 너무 많았다.

나를 깊이 들여다보는 시간이 아직은 조금 더 필요한 것 같다. 내가 온전히 나일 수 있을 때, 그때 비로소 새로운 누군가에게 내 마음의 자리를 다시 내어 줄 수 있을 것 같다.

사랑하는 마음들

밥을 맛있게, 배불리 먹기를 바라는 마음. 아프지 않기를 바라는 마음. 관계 속에서 다치지 않기를 바라는 마음. 울고 싶을 땐 언제든 털썩 주저앉아 훌훌 털어 내기를 바라는 마음. 넘어지지 않고 다시 우뚝 일어서기를 바라는 마음. 끝내 무너지지 않기를 바라는 마음. 잠을 잘 자기를 바라는 마음. 평온한 꿈을 꾸기를 바라는 마음. 작은 것 하나에도 웃는 하루가 되기를 바라는 마음.

차마 사랑이 아니라고 말할 수 없는 마음들.

너를 생각하는 내 마음이 그렇다.

너를 통해 나를 본다

　나는 아이를 별로 좋아하지 않는다. 친구들 모두 적당한 나이에 결혼을 했고, 적당한 나이에 아이를 낳았다. 그들을 보면 왠지 나는 '적당한' 사람이 아니거나 '적당한' 삶을 살지 못하는 것만 같아서 애써 모른 척 외면하고 살았다.

　그러다 조카들을 만났다. 나보다 다섯 살 어린 사촌 동생의 아들과 딸. 동생과 나는 아주 어릴 때부터 가족 이상의 끈끈한 무언가가 있었다. 이렇게 잘 맞을 수 있나 싶을 정도로 그녀는 내게 가족이자, 동생이자, 가장 친한 친구였다. 그런 그녀가 낳은 아이들. 조카가 처음도 아닌데 나는 녀석들에게 깊이 빠져 버렸다. 출산할 때는 혹여 안 좋은 일이 있을까 나도 멀리서 마음을 졸여야 했다.

무사히 아이를 낳았다는 얘기를 들었을 땐 '살아 돌아왔구나.'라는 생각이 먼저 들었다. 이미 다 큰 어른이었지만 아이가 아이를 낳았다는 생각이 들 만큼 그녀는 내게 여전히 작은 꼬마였다.

아주 작은 생명체를 다루는 건 금방이라도 터질 것 같은 풍선을 안고 있는 것과 같아서 나는 늘 전전긍긍했다. 각질 하나 없는 보드라운 아이들의 발바닥을 만지는 게 좋았다. 숨을 쉴 때마다 엉성하게 자란 머리카락이 미모사처럼 움직이는 게 신기했고, 특유의 아이 냄새가 너무 좋아서 하루 종일 정수리에 코를 박고 싶기도 했다. 내 손바닥보다 작은 손에도 코딱지만 한 손톱이 자라고 있는 걸 보면 어떻게 사람 몸에서 이런 생명체가 나왔는지 경이로울 따름이었다.

내가 나이를 먹는다는 걸 평소에 잘 체감하지 못하다가도 아이들을 보면 자연히 느끼게 된다. 녀석들이 이렇게 커 가는 만큼 나도 나이가 들었겠구나. 아이들이 크는 속도는 놀랍도록 빨라서 만지기도, 품에 안기도 조심스러웠던 녀석들이 조금씩 어린이가 되고, 대화가 통하기 시작하니 어느새 친구가 되었다. 친척 동생에 대한 사랑이 조카들에게로 옮겨 간 느낌이었다. 지치지 않는 녀석들과 달리 내 체력은 세 시간이 최대치였지만 마냥 행복해하는 저 맑은 얼굴을 보면 없던 체력도 다 끌어 쓸 수 있게 된다. 어쩌면 내가 놀아 주는 게 아니라 녀석들이 나와 놀아 주는 건지도 몰랐다. 아이들과 함께 있으면 덩달아 나도 천진하고 깨끗해지는 것 같아서. 헤어질 때 닭똥 같은 눈물을 뚝뚝 흘리며 대성통곡을 하는 녀석을 보면 너무 짠해서 내 마음도 같이 무너진다. 발은 또 왜 이렇게 안 떨어지는지. 방금 봤는데도 돌아서면 금세 보고 싶고 눈에 아른거린다.

임신도, 출산도 해 본 적 없는 내가 조카들을 보며 모성애가 이런 것일까, 감히 짐작해 본다. 우습지만 진짜 그렇다. 그저 해맑기만 한 이 순수한 영혼들을 어찌 사랑하지 않을 수 있을까. 친척 동생을 똑 닮은 아이들을.

지나치는 계절 속에
빈 하늘을 바라볼 때
한숨 섞인 노래 속에
사랑이 있었네

허전한 손을 만질 때
먼지 섞인 길을 갈 때
가만히 말을 잃을 때
사랑이 있었네

누군가를 기다릴 때
웅성이던 인파 속에
일부러 길을 헤맬 때
사랑이 있었네

노리플라이, 〈사랑이 있었네〉, 2023

6장

소란했던 시간이 지나고

공항 가는 길 127

실패의 힘 129

그럼에도 불구하고 131

나를 인정하는 일 132

작은 마음 135

구원 136

이름에게 137

사람이 온다는 건 138

사진 141

닮는다는 것 144

좋은 날 145

공항 가는 길

공항으로 가는 길은 괜히 기분을 들뜨게도, 간지럽게도 만든다. 차 트렁크에서 여행 가방을 꺼내는 사람들을 보면 부럽기도 했다가, 누군가의 배웅 혹은 마중을 하고 싶다는 기분이 들어 살짝 쓸쓸해지기도 한다. 나도 이들 틈에 끼어 어디론가 훌쩍 떠나 버리고 싶어진다.

횡단보도에서 신호를 기다린다. 잠시 후 신호등이 파란색으로 바뀌고, 원색 유니폼을 입은 안내원의 현란한 손짓을 따라 사람들이 하나둘 발을 뗀다. 나와 나란히 걷는 사람들과 맞은편에서 나를 향해 걸어오는 사람들. 수많은 옷깃들이 스치고, 그 속에는 여행을 마무리하고 일상으로 돌아가야 하는 아쉬운 얼굴들과 새로운 쉼을 두 팔

벌려 맞을 준비가 된 들뜬 얼굴들이 있다. 기다리던 이와의 반가운 재회, 애틋한 이별, 다시 만나자는 약속을 하는 이곳.

잠시 섬을 벗어나 육지에서 바람을 쐬고 돌아오는 날, 비행기에서 내리자마자 가장 먼저 하는 일은 바다 냄새를 의식적으로 맡는 것이었다. 소금기 가득한 짠 내가 코를 찌르면 그제야 돌아와야 할 곳에 무사히 돌아왔다는 안정감이 들었다. 별안간 모든 걸 내팽개치고 멀리 도망가 버리고 싶다가도, 조금만 벗어나면 다시 그리워지는 이곳.

내 마음에 안정을 주는 곳. 잠시 머물다 떠나는 여행지가 아니라 깊이 뿌리내려 그늘이 되어 주는 위안처의 시작점. 공항은 내게 그런 곳이다.

실패의 힘

"음, 제 얘기를 해 드릴게요. 저도 처음에는 강남에 개원하고 싶었어요. 서초, 송파, 잠실, 반포. 그런데 거기에 병원을 열게 되면 다른 병원들과 경쟁을 해야 하고, 월세도 몇천만 원씩 내야 하고, 광고도 해야 하고, TV에도 나와서 유명해져야 하고. 해야 할 게 너무 많더라구요. 제가 뭐 그렇게 잘생긴 편도 아니고요, 하하하. 그래서 이곳에 오게 된 거예요. 저도 어떻게 보면 도피한 셈이죠. 하지만 저는 지금 제 삶에 충분히 만족해요. 그럼 강남에 개원하는 게 무서워 여기에 병원을 차린 저는 실패한 인생인가요?"

세상에는 0과 1만 존재한다고 생각했다. 내가 정해 놓은 성공이라는 기준에 도달하지 못하면 가차 없이 실패로 치부했다. 그러면서 성공하지 못한 나를, 패배에 익숙해져 버린 나를 탓하고 책망했다. 일종의 완벽주의에 대한 강박이었다. 0과 1 사이에는 0.1도, 0.00001도 있다는 걸 나는 의사 선생님에게 배웠다. 0과 1을 성공과 실패, 오로지 이 두 가지로만 본다면 그 사이에 있는 무수히 많은 숫자들은 다 실패인 거냐고 선생님은 다시 물었다. 어떤 것도 온전히 성공일 수도, 완벽한 실패일 수도 없다는 걸 그때 나는 몰랐다. 실패의 힘이 때로는 살아갈 원동력이 될 수 있다는 것도.

그렇다면 나는 지금 어마무시한 실패의 원기옥을 모으고 있는 셈인가. 어찌 됐건 이 실패들이 결국에는 나를 더 나은 사람으로 만들어 줄 거라고, 더 멋진 곳으로 나를 데려갈 거라고 믿는다. 그렇게 믿는 것밖에는 방법이 없으니까.

그럼에도 불구하고

문득 산다는 건 온통 서러운 일 투성이라는 생각이 든다. 그 어떤 것도 내 마음 같은 건 없었다. 언제나 이유 모를 한낱 희망으로 기대를 하고, 또 그렇게 상처를 받는다.

마음에 쉴 새 없이 생채기가 나도, 다시 상처받을 걸 알면서도 나는 또 일말의 기대를 한다. 갑자기 두려워진다. 내가 또다시 무언가에 섣불리 마음을 품어도 되는 걸까.

수심이 깊은 바다에 잔뜩 겁을 먹고 달아나지만, 그럼에도 나비는 다시 바다로 간다.*

---

*김기림 시인의 〈바다와 나비〉(1939)를 변용함.

나를 인정하는 일

우리는 모두 죽는다. 엉망진창인 세상이지만 딱 한 가지 공평한 게 있다면 그 누구도 죽음은 피할 수 없다는 사실. 젊음만을 숭상하고 늙음을 혐오하는 시대. 어떻게 하면 잘 늙을 수 있을까 생각한다. 늙어 가는 내 얼굴을, 내 몸을, 내 생각을 온전히 받아들이고 사랑할 수 있어야 언젠가 다가올 죽음 앞에서도 초연할 수 있지 않을까. 그러기엔 거울을 볼 때마다 늘어난 기미에 화들짝 놀라고 비행기가 흔들릴 때마다 추락할까 봐 몹시 긴장하는, 여전히 겁쟁이에 불과하지만.

문득 나의 스물 언저리를 생각해 보았다. 어릴 적 나는 후드 티에 달린 모자를 뒤집어 쓰고 소매를 끝까지 당겨 팔을 안에 쏘옥 넣어 다니곤 했다.

그 나이 때는 뭘 해도 귀엽다는 소리를 들었고, 실제로 그 자체로도 귀여운 나이였다.

이제는 더 이상 귀여울 나이는 지났다. 외모도, 분위기도, 화장법도, 말투도, 표정도 모든 게 조금씩 변했다. 가장 큰 차이는 싱그러움과 생기를 점점 잃게 되는 것이었다. 앞으로 내가 누군가에게 귀엽다는 소리를 들을 수 있을까. 아름답다, 섹시하다, 멋지다, 라는 말을 듣는 횟수는 많아질지 모르겠지만 귀엽다는 말은 더는 내게 어울리지 않는 단어인 것만 같다. 물론 지금 나이의 나도 너무 소중하지만, 그래도 누군가에게는 언제까지나 마냥 귀여운 사람이고 싶다.

누구나 나이가 들면 아이의 모습으로 돌아간다고 한다. '늙은 아이'라는 표현이 맞을지도 모르겠다. 아기의 머리를 쓰다듬고 볼을 살짝 꼬집기만 해도 금세 엉엉 울어 버릴 것만 같아 늘 조마조마한 것처럼 나이가 들어 노인이 되었을 때도 마찬가지다. 조금만 부딪혀도 뼈에 금이 가고, 쉽게

부러진다. 특히 사랑하는 할머니를 오랜만에 만날 땐 너무 반가워서 친구에게 하듯 힘껏 껴안고 싶고, 손 잡고 춤도 추고 장난도 치고 싶은데 그럴 수가 없다. 마치 아기를 대할 때처럼 언제나 조심스럽다. 그래서 나이가 드는 건 다시 아기 때로 돌아간다는 의미가 아닐까.

오래간만에 셀카를 찍었는데 갑자기 내가 너무 늙어 보여서 순간 충격을 받았다. 그래도 사진 속 나는 환하게 웃고 있었다. 그게 중요한 게 아닐까. 이런 모습도 나라는 걸 인정하고 받아들여야겠지. 되도록이면 급하지 않게, 천천히, 그리고 귀엽게 나이 들어 가고 싶다.

작은 마음

종종 예쁜 마음들에 대해 생각한다.

거친 아스팔트 바닥에 핀 작은 들꽃을 밟지 않고 돌아가는 마음, 테이크아웃 컵이 거추장스러워 아무렇게나 두었다가 얼마 못 가 쓰러진 컵을 다시 가져오는 마음, 낯선 집에서도 이부자리를 가지런히 정돈하는 마음, 스스로에게 정성껏 한 끼를 대접하는 마음, 지나가듯 던진 말을 기억하고 다음번에 먼저 알아차리는 마음, 잠에서 깰까 봐 팔이 저려도 팔베개를 풀지 않는 마음, 들썩이는 어깨를 잡고 울음이 그칠 때까지 가만히 기다려주는 마음.

결코 작지 않은, 크고 예쁜 마음들이 있다.

구원

요즘 드라마나 영화를 보면 '구원'이라는 단어가 자주 나온다. 귀인이나 은인 정도의 단어로는 대체할 수 없는, 어쩐지 신성한 느낌까지 드는 말. 정말 누군가가 누군가의 구원이 될 수 있을까.

어릴 때는 막연히 사랑에 대한 환상이 있었다. 이 어두운 터널에서 나를 구해 줄 백마탄 왕자가 어딘가에 있을 것만 같은. 하루아침에 뽕, 하고 나타나 나를 꽃길로 데려갈 것만 같은. 하지만 인생은 영화나 드라마가 아니었고, 나를 구원해 줄 사람은 누구도 아닌 내 자신이라는 걸 이제는 안다. 그래서 더는 감히 구원을 바라지 않는다. 그저 누구에게도 기대지 않고 내 두 발로 온전히 살아갈 수 있다는 것만으로도 구원이고, 기적이니까.

이름에게

어릴 때부터 나는 친구들에게 별명으로 많이 불렸다. 내 이름이 나조차도 어색할 만큼. 어릴 땐 별명 부자라며 그저 좋아했는데, 언젠가부터 내가 내 이름도 사랑하지 않고 있다는 걸 깨달았다. 사는 곳을 옮기고 번호를 바꾸는 것처럼 이름을 바꾸면 내가 처한 상황들로부터 도망쳐 새로운 삶으로 리셋할 수 있을 거라 막연히 믿었던 것 같다.

서른 중반이 된 지금에야 내 이름에 조금씩 적응해 가고 있다. 누군가의 이름을 부른다는 게, 나지막한 목소리로 내 이름을 불러 준다는 게 어떤 의미인지도 이제는 알게 되었다. 더는 내 이름이 어색하지 않게, 밉지 않게 자주 불러 주리라. 사랑을 담아.

사람이 온다는 건

    사람이 온다는 건 한 사람의 세계가, 하나의 우주가 오는 거라는 말이 있다.* 어릴 때는 이 말이 무슨 뜻인지 몰랐다. 사실 나는 예전에도, 지금도 인연이라는 것에 큰 의미를 두지 않으려 했다. 사람을 좋아하지만 상처를 받는 게 두려워 일부러 아닌 척했다. 모든 인연이 소중하고 귀하다는 걸 머리로는 알고 있지만 늘 그때뿐이었다. 인생은 원래 혼자라고, 함께 있다가도 언제든 다시 혼자가 될 수 있다는 생각을 의식적으로 하고 살았다. 그래서 누군가와 함께 있을 때 행복하고 즐거운 순간들을 마음껏 즐기지 못했다. 이 행복이 언제 달아나 버릴지 몰라서, 이러다 또 혼자 남겨질까 봐. 나는 그게 무서웠다. 겁이 많은 사람이었으니까. 처음부터 마음을 주지 않으려, 곁에 두지 않으려 부단히 애썼다. 당연한 얘기지만 사람 마음이라는 게 참 내 마음대로 되지 않더라. 혼자 거리를 두고 벽을 쌓아 올려도 머리와 다르게 마음은 이미 저만치 혼자 앞서 나갔다. 내가 노력한다고 물렁한 마음이 한순간에 단단해지는 건 아니었다.

여전히 나는 한 사람을 알아 가는 게 두렵고, 또다시 혼자 남겨질까 무섭다. 언제 올지도 모를 이별에 지레 겁부터 먹지만, 얼어붙은 마음의 빗장을 풀기 위해 안간힘을 다하고 있다. 한 사람을 알아 가는 게 얼마나 행복한 일인지, 먼저 손 내밀어 준 그 사람이 얼마나 소중한지 조금씩 깨닫고 있다. 나는 지금 내 앞에 있는 그 사람에 대해 얼마나 알고 있을까. 그 사람의 우주를, 세계를 알기 위해 얼마나 노력하고 있는가.

사람은 누구나 관계 속에서 서로 영향을 주고, 영향을 받는다. 내게 온 그 사람이 내 안의 우주를 파괴할지, 더 풍요롭게 만들지는 아무도 알 수 없는 일이다. 나 또한 행여 내가 그 사람의 고유한 우주를 깨뜨릴까 봐, 그래서 그 사람이 나로 인해 마음에 흠집이 날까 봐 염려하게 된다. 이 생각 역시 상처를 주고 나서야 느끼게 된 거지만.

여전히 나는 걸음이 느린 사람이었다. 조금 더 현명했다면, 넓은 마음으로 상대를 바라봤다면, 온정의 시선으로 그 사람을 들여다볼 줄 알았다면, 서로가 굳이 겪지 않아도 될 일들이 많았을 텐데. 걸음이 느린 철부지 어른은 이렇게 직접 경험을 하고 나서야 깨닫는다. 내게 온 한 사람의 우주는 내가 가진 우주만큼 크고, 소중하다는 걸.

또 언제 잊어버릴지 모르지만 적어도 지금은 이 마음을 부적처럼 가슴에 새기고 살아야겠다. 나의 우주를 위해, 그리고 내게 온 한 사람의 우주를 위해.

*정현종 시인의 〈광휘의 속삭임-방문객〉(2008)을 읽고

사진

나는 사진 찍는 걸 좋아한다. 사실 전문적으로 찍는 것도 아니고 오로지 핸드폰 카메라에 의지할 뿐이지만 사람들은 그런 나에게 사진을 제법 잘 찍는다고 했다. 생각해 보니, 그건 내가 늘 진심을 다해 사진을 찍기 때문이 아니었을까.

인간은 망각의 동물이라서 아름다움을 눈에 담고 사랑하는 사람을 냄새로 기억하는 데 분명 한계가 있기 마련이다. 그래서 나는 내가 할 수 있는 한 최대한 자주, 많이 사진으로 남기고, 기록하려고 한다. 기억하고 싶은 그 순간들을. 누구에게나 순간을 저장하는 상자를 하나씩은 가지고 있을 것이다. 소비하지 않고, 소모하지 않기 위해. 오래 보관하고, 고이 간직하기 위해. 산다는 건 아마

이 상자에서 이미 지나간 것들을 조금씩 꺼내 먹으며 그땐 그랬었지, 하고 추억하는 것이 아닐까. 찰나의 기억으로 평생을 사는 사람도 있으니까. 인생은 순간을, 사람을, 시절을, 그리고 나를 추억하는 하나의 긴 여정이라고.

나에게 사진을 찍는 행위는, 조그마한 직사각형 프레임 속 대상에 대한 애정이 필수로 동반되어야 했다. 피사체에 대한, 사랑하는 사람에 대한, 눈부신 풍경에 대한 애정. 무언가를 찍을 때의 그 마음을 사랑하는 것이기도 하다. 지금 내 눈앞에 있는 사람을 있는 그대로 담고 싶어 이렇게도 찍어 보고 저렇게도 찍어 보는, 그 과정 자체가 사랑이 없으면 할 수 없는 거니까.

사진 찍히는 걸 좋아하지 않는 나는 대체로 나를 제외한 것들을 찍는다. 음식, 동물, 풍경, 사람, 건축물 같은 것들. 그러다 가끔 누군가가 나를 찍은 사진을 툭 건넬 때가 있는데, 그럴 때마다 화들짝 놀란다. 그건 몰랐던 내 모습을 새로이 알게 된 것에 대한 놀람이었다. 나에게도 이런 얼굴, 이런 표정, 이런 몸짓, 이런 웃음이 있었구나. 모두 사진을 찍어 준 상대방 덕분에 알게 된 것들이었다.

내가 볼 수 없는, 미처 보지 못했던 나의 또 다른 모습을 들여다보려는 관심. 지극히 사적인 자신의 핸드폰에 나를 담고 싶어 먼저 손을 내민 친절함. 초점이 흔들리고 멋지게 나오지 않더라도 최대한 잘 찍기 위해 애쓰는 투박한 손. 사진을 찍으며 나를 한 번 더 생각했을 마음. 나는 그 마음이 너무 예쁘고, 그게 고스란히 사진에서도 보인다는 게 참 좋다. 고맙다는 말과는 조금 결이 다른 느낌. 살짝 마음이 몽글해지는 기분이랄까. 그건 나를 향한 애정이 없으면 할 수 없는 것이니까.

닮는다는 것

바람에 나부끼는 저마다의 잎사귀들이 내는
소리는 파도 소리를 닮았다. 엷게 번진 구름은 손
으로 찢어 놓은 솜사탕을 닮았다. 벤치에 누워 따
사롭지만은 않은 햇살을 마주하며 잠깐 나를 스
쳐 갈 선선한 바람을 기다리는 마음은 지금 이 순
간을 결코 잃고 싶지 않은 어떤 마음과 닮았다.

닮는다는 건 그런 것이다. 내가 가진 미약한 경
험으로, 촉감으로, 후각으로 지나간 기억을 언제
든 다시 불러올 수 있으니까.

좋은 날

해가 져도 더 이상 춥지 않은 늦봄이나 초여름 저녁, 사랑하는 사람과 동네 마실을 가고 싶다. 서로의 손을 마주 잡고 집 앞 작은 공원을 천천히 거닐며 오손도손 이야기를 나누고 싶다. 옅은 미소와 안온한 마음을 하고 서로의 얼굴을 말없이 바라보고 싶다. 선선한 바람이 하늘하늘해진 티셔츠 사이로 들어와 우리를 더욱 설레고 편안하게 만드는,

춥지도 덥지도 않은 그런 좋은 날에.

이상하다.

"당신을 이해할 수 없어."

이 말은 엊그제까지만 해도
내게 상당히 부정적인 의미였는데
절대 이해할 수 없는 준영일 안고 있는 지금은
그 말이 참 매력적이란 생각이 든다.

이해할 수 없기 때문에
우린 더 얘기할 수 있고
이해할 수 없기 때문에
우린 지금 몸 안의 온 감각을 곤두세워야만 한다.

이해하기 때문에 사랑하는 건 아니구나,
또 하나 배워 간다.

KBS 2TV 드라마, 〈그들이 사는 세상〉, 2008

7장
그건 사랑이었지

사랑이 잠든 곳에 151

지금 이 순간 153

집들이 155

베이컨을 굽는 사람 159

나를 살게 하는 것 161

뒷모습 163

당신에게 165

길 167

사랑이 잠든 곳에

지금 내 옆에는 네가 곤히 자고 있다. 나는 글을 쓰다가, 미동도 없이 잠든 너를 물끄러미 바라본다. 숨 쉴 때마다 미세하게 들썩이는 파리한 어깨, 한 번도 다듬지 않은 짙은 눈썹, 살포시 감은 두 눈, 움푹 들어간 볼, 그 사이로 뾰족하게 솟은 콧마루, 밤사이 자란 거뭇한 수염, 햇빛을 피해 이불에 파묻은 얼굴, 양 손 가득 안은 내 인형들. 아이처럼 온화한 표정으로 잠든 네 볼을 살며시 어루만진다. 새근대는 숨소리조차 없이 조용히 자는 너를, 나는 한참을 바라본다. 나도 모르게 입가에 미소가 번지고, 공연히 애틋한 마음이 든다. 에어컨 돌아가는 미세한 소음, 블루투스 스피커로 들리는 잔잔한 파도 소리, 창밖으로 들리는 자동차들의 주행 소리, 더없이 평온한 밤.

잠에서 깨어 눈을 뜨면 눈앞에 네 얼굴이 있다. 나를 말없이 바라보는 너. 나도 가만히 너를 본다. 이제는 네 눈을 마주하는 게 어렵지 않다. 내 머리칼을 손으로 쓸어 넘기는 부드러운 네 손길, 내 이름을 부르는 나긋한 네 목소리.

행복하다. 이 행복이 깨질까 나는 조금 두렵고, 겁이 난다. 지금 이 순간이, 내가 너를 보며 느끼는 이 감정이 모두 한순간에 사라져 버릴까 봐. 결말을 이미 알고 있는 영화를 보는 것만 같다. 그게 어떤 결말이든 서로에게 해피 엔딩이면 좋겠는데.

지금 이 순간

우리가 조금 더 일찍, 조금 더 어렸을 때 만났다면 어땠을까. 문득 내가 모르는 당신의 모습이 궁금해진다. 어떤 아이, 어떤 학생, 어떤 친구, 어떤 아들이었을까. 걸음마를 떼고 아장아장 걷던 당신의 모습은 어땠을까. 어떤 간식을 좋아하던 어린이였을까. 교복을 입고 학교에 가는 당신의 표정은 어땠을까. 친구들과는 주로 어떤 이야기를 나눴을까. 부모님께는 어떤 걸로 혼나곤 했을까. 사춘기 때는 어떤 고민으로 밤새 뒤척였을까.

만약 우리가 조금 더 일찍 만났다면 아마 서로를 알아보지 못하고 그냥 지나쳤을지도 모를 일이다. 오히려 지금 만나야 할 인연이라서, 지금에서야 만날 수 있게 되어서 다행인 것 같기도 하다.

당신의 인생에서, 우리가 앞으로 함께할 많은 날들 중에서, 지금 내 옆에 있는 당신이 가장 젊고 반짝이는 나이니까. 당신의 지금을 내 눈, 내 가슴, 내 머릿속에 담을 수 있어서, 참 다행이다.

우리가 함께한 날보다 그렇지 않은 날이 훨씬 더 많지만, 이제라도 함께 만들어 나가면 되니까. 우리에게는 남은 날이 더 많으니까. 그러면 나는 되었다. 우리의 행복한 이 시간을 온 마음 다해 즐기고, 마음껏 사랑하면 된다. 지금 이 순간도 다시는 돌아오지 않을 테니까.

내가 당신의 인생에서 잠시 지나가는 행인이 아니라, 오래 곱씹으며 꺼내 먹을 수 있는 따뜻한 추억으로 남으면 좋겠다.

내가, 당신에게, 그런 사람이면 좋겠다.

집들이

이별을 아직 온전히 받아들이지 못한 채 허덕이던 때, 대학 동기의 집들이 초대를 받았다. 오랜 연애의 끝, 첫 퇴사, 갑작스러운 우울증까지 나를 덮치고 간 해일의 잔재가 아직 남아 있을 때였다. 잃을 것이 없었던 내가 이제 막 제주도에 가기로 결정했던 때이기도 했다.

스물 셋 한 명, 스물 둘 두 명, 스물 하나 한 명. 그렇게 각자의 사연으로 또래들보다 조금 늦게 입학한 우리는 중고 신입생이라는 공통분모 덕에 빠르게 가까워졌고, 평균 나이 스물 둘이라는 점에 아이디어를 얻어 모임 이름을 지었다.

에버리지(Average) 90.

그때는 우울한 날들이 그렇지 않은 날보다 곱절로 많았고, 살도 많이 쪄서 내 자신이 볼품없게 느껴졌었다. 그래서 집들이를 가는 게, 오랜만에 동기들을 만나는 게 썩 달갑지는 않았다. 나를 어떻게 볼지 뻔했으니까.

그래도 용기를 냈다. 가장 어린 막내가 가장 먼저 결혼을 했고, 그 기념으로 초대한 집들이라서 차마 거절하기가 어려웠다. 모처럼 만나는 자리. 그것도 결혼식 이후 처음 보는 동기의 남편. 집에서 외출 준비를 할 때부터 살짝 식은 땀이 났다.

저녁 시간에 맞춰 각자 집들이 선물을 사 망원동 신혼집에 삼삼오오 모였다. 집 곳곳을 먼저 구경했고, 동기가 저녁을 차리는 동안 우리는 테이블에 앉아 그녀의 남편과 어색한 대화를 나눴다.

이제껏 참석했던 수많은 결혼식, 몇 번의 집들이 중에서 대학 동기의 집들이는 지금도 가끔 생각날 정도로 잊히지 않는다.

시간을 내어 요리한 정갈한 한 상. 컬러풀한 그
릇에 담은 함박 스테이크와 맥주까지. 그녀는 나
보다 두 살 어렸지만 때로 언니 같기도, 엄마 같기
도 했다. 아주 맛있고 달큰한 식사를 마치고 서글
서글한 남편 분의 주도 하에 갑자기 자기소개 타
임을 갖게 되었다. 우리 집에 오면 으레 하는 거라
며, 안 하면 집에 못 간다는 장난 섞인 엄포와 함
께 순식간에 가창 프로그램까지 편성되었다.

그녀의 남편은 음악을 좋아하는 사람이었다.
다짜고짜 그의 손에 쥐어진 기타에 우리는 돌아
가면서 한 명씩 노래 한 소절을 불러야 했다. 그는
즉석에서 기타로 반주를 맞췄고 나는 핸드폰으로
가사를 보며 아주 민망하게 노래를 불렀다.

그대 내 품에 안겨
눈을 감아요

그대 내 품에 안겨
사랑의 꿈 나눠요*

쑥스러워 얼굴은 붉게 달아올랐지만 그날의 음식, 분위기, 기타의 선율, 담백한 노래에 살짝 취했던 것 같다. 마치 영화의 회상 신처럼 그때의 색깔과 온기가 여전히 마음에 남아 있다.

그 온기는 분명 그들이 나에게 건네는 사랑이었다. 그땐 몰랐지만, 그건 내게 주었던 그들만의 투박한 사랑이었음을 이제는 안다.

*유재하, 〈그대 내 품에〉, 1987

베이컨을 굽는 사람

　요리 예능 프로그램을 보다 갑자기 엄마가 자주 해 줬던 베이컨이 생각났다. 어릴 때 베이컨이 먹고 싶다고 떼를 쓰면 엄마는 이거 비싼 거라고 으름장을 놓으면서도 마지못해 구워 주곤 했다. 성인이 되고 독립을 한 후부터는 자연스레 엄마가 만든 밥을 더는 먹지 않게 되었다. 무엇보다 세상에는 엄마 밥보다 맛있는 것이 차고 넘쳤다. 이제는 잘 먹지도 않는 베이컨이 뜬금없이 생각나는 건 베이컨이 먹고 싶어서가 아니라, 그때 내게 줬던 엄마의 사랑이 문득 고프기 때문이겠지.

　베이컨만 찾던 작고 연약한 아이는 이제 베이컨을 해 주던 엄마 나이의 어른이 됐다. 엄마를 닮아 요리에 썩 소질은 없지만 언젠가 나도 엄마처럼 베이컨을 굽는 사람이 될 수 있을까. 아무것도 하기 싫을 만큼 귀찮고 모든 걸 놓아 버리고 싶을 만큼 삶이 고단해도 누군가를 위해 프라이팬에 베이컨을 구워 주는 사람이, 따뜻하고 너른 마음을 가진 어른이 될 수 있을까.

대부분의 딸들이 엄마처럼은 살지 않겠다고 다짐하지만 엄마처럼만 사는 것도 결코 쉬운 일이 아니라는 걸 알까. 나도 몰랐지. 해가 뜨기 전 가장 먼저 일어나 도시락을 싸고, 출근하면서 학교 앞까지 차로 태워 주고, 먹고 싶은 걸 말하면 퇴근길에 장을 봐 와서 뚝딱 만들어 주고, 변덕스럽고 더러운 내 성격에도 지금까지 단 한 번도 나에게 화는커녕 큰소리 한 번 내 본 적 없는, 사랑이 아니고서는 결코 할 수 없었던 엄마의 모든 행동들.

그립다. 아침마다 부엌에서 들리던 달그락거리는 소리가, 내가 좋아하는 반찬으로 식탁을 가득 채워 주던 엄마의 밥상이, 엄마한테 한없이 마음 놓고 응석 부릴 수 있던 시절이.

나를 살게 하는 것

자연은 늘 그 자리에 있다. 변하지 않고.

사람은 출퇴근을 하며 몸을 이동하고 살던 집을 옮기기도 하면서 그렇게 정처 없이 이곳저곳을 표류하며 떠다닌다. 하지만 자연은, 특히 바다는, 갑자기 발이 달려 어디로 가지 않는 한 언제나 그 자리에, 그대로 있다.

나는 그게 참 좋았다. 언제든 한 곳에 뿌리를 깊게 내리고 있다는 점이. 내가 외로울 때도, 마음이 힘들 때도, 행복할 때도, 울고 싶을 때도 변함없이 그 자리에서 나를 기다리고 있는 것 같았다. 그래서 여기저기 방황하며 떠돌다가도 결국 바다 앞에만 가면 마음이 고요해졌다.

생각해 보면 내가 지금까지 제주에 살면서 받았던 위로도 그런 것들이었다. 깊은 바다를 앞에 두고 펑펑 울거나 물결에 반짝이는 윤슬을 보며 평온함을 찾곤 했다. 집에 돌아갈 때 밤하늘을 올려다보며 오늘도 수고했다고, 고생했다고 나를 토닥이기도 했다. 정말 숨 막히는 세상이고 매일이 전쟁 같지만 그럼에도 별것 아닌 일에도 씨익 웃을 수 있는 것, 이런 짧은 순간의 미소들이 나를 지금껏 살게 했다.

낮이 긴 여름에는 퇴근하고 집에 와도 아직 밖이 환하다. 창밖으로 해가 지는 걸 멍하니 보다 보면 어느새 땅거미가 내려앉고, 그렇게 하루가 저물어 간다. 덕분에 집에서도 붉게 물든 저녁노을을 볼 수 있어 다행이고, 고맙다.

돌아갈 집이 있다는 것. 고된 마음을 달랠 자연이 언제든 가까이에 있다는 것. 오늘도 제주 덕분에 나는 또 겨우 살았다.

뒷모습

　혼자 바다를 보는 걸 좋아한다. 예전에는 버스를 타고 바다에 가거나, 저 멀리 수평선이 보일 때까지 몇 시간 거리를 무작정 걷곤 했다. 차가 생긴 뒤로는 주말만 되면 아무 계획 없이 해안 도로를 드라이브하며 바다를 보는 게 일상이 되었다.

　바다를 보고 있으면 바다만큼이나 아름다운 뒷모습들을 많이 마주한다. 물에 발을 담그고 첨벙첨벙 뛰노는 아이들, 서로의 어깨를 빌려 파도 소리를 듣는 연인들, 핑크빛을 머금은 하늘을 핸드폰이 아닌 눈에 담는 중년의 여성, 모래사장에 앉아 눈앞의 풍경을 캔버스에 옮기는 외국인, 서로의 사진을 찍어 주는 학생들. 먼발치에서 풍경과 더불어 사람들의 뒷모습을 바라보는 게 내가 바다에 가는 하나의 이유이기도 하다. 바다를 대하는 저마다의 뒷모습은 갑자기 나서서 사진으로 남겨 주고 싶은 오지랖마저 유발한다.

사랑할 때 자신의 모습이 얼마나 아름다운지 알고 있는 사람은 몇이나 될까. 사랑하는 사람을 바라볼 때 반짝이는 눈빛, 발그스름히 상기된 얼굴, 옅은 미소, 미세하게 흔들리는 눈동자까지도. 앞모습이 드넓은 에메랄드빛 바다라면, 뒷모습은 잔잔하고 고요한 윤슬일 테지. 보고 있으면 안아주고 싶기도, 그리운 감정이 들기도, 처연한 기분이 들기도, 쓸쓸한 마음이 들기도 한다.

어찌 사랑하지 않을 수 있을까. 사랑하는 사람들의 뒷모습을.

당신에게

늦은 새벽 당신의 집으로 달려가던 내 두 발은 이제 내가 가고 싶은 곳을 향해 나아갑니다. 보고 싶은 마음을 참지 못해 핸드폰만 만지던 손은 이제 내가 좋아하는 것들을 위해 움직입니다. 당신과 함께 듣던 플레이리스트는 이제 나를 위한 음악들로 가득합니다. 당신을 위해 비워 둔 시간은 이제 나를 위해서만 사용합니다. 당신을 데리러 가지 않고, 내 일을 미루고 당신과 함께하기 위해 더는 시간을 허투루 쓰지 않습니다. 온종일 당신만 생각하던 내 마음은 이제 나로 충만합니다. 맛있는 음식을 먹고, 좋아하는 사람들을 만나고, 나를 행복하게 해 주는 것들을 합니다. 당신을 떠올리고 당신을 그리워하며 더는 아파하지 않습니다. 오지 않는 연락을 기다리지도, 불쑥 찾아올까 봐

인터폰 화면을 바라보지도, 당신의 집 앞에서 홀로 서성이지도 않습니다. 우연이라도 당신을 만날 수 있단 생각에 주위를 두리번거리지도, 당신을 생각하며 밤새 뒤척이지도, 당신이 나오는 꿈을 꾸며 괴로워하지도 않습니다. 그러기에 내 세상은 너무나 작고, 약하니까요. 이제는 좁은 그 공간을 나로 채우겠습니다.

더는 잡히지 않는, 뜬구름 같은 모호한 감정에 갇혀 있지 않습니다. 묶여 있지도, 붙잡아 두지도 않습니다. 확실하고 분명한 감정을 느낄 수 있는 것에만 내 마음을 쓰려 합니다.

괜찮습니다. 그저 원래의 나로, 당신을 만나기 전의 나로 돌아가는 것뿐이니까요. 오로지 나만이 날 사랑할 수 있으니까요.

그러니, 당신도 부디 그랬으면 좋겠습니다.

길

길을 찾았다.

안경을 쓰지 않아도, 지도를 보지 않아도 이제는 혼자서도 길을 찾을 수 있다. 넘어지고, 부딪히고, 여기저기 상처가 나도, 천천히 한 발 한 발 내딛는 용기도 생겼다. 더 이상 겁에 질린 아이처럼 울지 않는다. 고달픈 삶도, 지난한 사랑도 터널 속에 한 줌씩 두고 훌훌 떠날 수 있다.

오랜 시간 내가 그토록 헤매고 갈망에 허덕이던 그 길은, 결국 나에게로 오는 길이었다. 기나긴 터널도 언젠가는 끝난다는 걸, 이윽고 새로운 길이 펼쳐질 거라는 걸, 나는 이제 안다.

내 눈이 감길 때가 오더라도
당신의 목소리도, 손 끝도, 마음도
사랑으로 감싸지기를.

시간을 넘어, 하늘을 넘어 내가 갈 테니
쏟아지는 슬픔에 굴하지 말기를.

오직 기도할 뿐.
그저 간절히 기도할 뿐.
당신이 오늘도, 내일도, 언제까지라도
사랑으로 감싸지기를.

영화, 〈결혼하지 않아도 괜찮을까〉, 2015

나가며

2023년 12월, 예년보다 포근한 어느 겨울날 첫 에세이가 세상 밖으로 나왔다. 그 후 4개월이 지났다. 몇 달밖에 안 되었는데도 해가 넘어가니 벌써 2년 차 책이 되었다. 처음 책을 내겠다고 마음먹었을 때 1년에 한 권씩 만들어 보겠다 다짐했는데, 이럴 줄 알았으면 며칠만 더 기다렸다가 해가 바뀌고 출간할 걸 그랬나.

아무도 알아주지 않고 궁금해하지도 않는 것 같은 느낌이 들 때가 있다. 읽는 사람은 없는데 쓰는 사람만 많아진다는 요즘 시대에 내 이야기를 계속 써 내려가는 게 맞는 걸까. 수요 없는 공급 시장에 내가 또다시 책을 만들려는 이유는 뭘까. 생각이 많아지는 요즘이다.

과연 누구를 위한 일인가 고민해 보니, 아무리
생각해도 답은 분명했다.

　　나를 위한 것.
　　오직, 나를 위한.

　　뭘 해도 좀처럼 살아 있는 것 같지 않은 순간들
속에서 글을 쓸 때만 내가 유일하게 살아 있다는
느낌이 든다. 그래서 나는 오늘도 글을 쓴다. 글
을 쓰며 비로소 살아 있음을 실감하고, 막혔던 숨
을 겨우 내쉴 수 있다. 구부정한 허리로 쭈그리고
앉아 손가락만 움직이는 정적인 동작에서도 생동
감을 느낀다. 가장 중요한 건, 굳이 수식어를 붙일
필요도 없이 글을 쓰는 게 그냥, 너무 재밌다.

　　이게 사랑이 아니면 무엇이겠니.

2024년 4월

그럼에도, 사랑

『나에게 안녕을 묻는다』 이후 두 번째 책을 쓰겠다고 결심했을 때, 어떤 내용을 써야 할지 한참을 고민했다. 내 안에서는 나도 모르는 무언가가 끊임없이 나를 마구 채찍질했다. 나는 여전히 글에 목이 말랐다. 혼자 끙끙 앓고 있던 것들을 더 문드러지기 전에 배설해야만 했다. 그래야 내가 살 수 있었다.

신간 주제가 '사랑'이라고 하자 가까운 사람들 모두 의아해했다. 다른 사람들이 보기에도, 심지어 내가 보기에도 왠지 사랑은 나와 어울리지 않는 단어인 것 같았다. 그럼에도 왜, 하필, 사랑을 택했을까. 어쩌면 나는 내가 생각한 것보다 훨씬 더 사랑에 목마른 사람인지도 몰랐다.

이 책은 오랜 시간 혼자만 간직해 온 짧은 메모
들과 요즘 내가 느끼는 생각을 엮은 것이다. 마음
깊이 숨겨 둔 상념들을 수면 위로 끌어올리는 게
쉽지는 않았지만, 이 모습 또한 나라고 생각하니
그런대로 괜찮을 수도 있겠다는 용기가 생겼다.

사실 이 글을 쓰는 내내 마음이 좋지 않았다.
그래서 예상보다 훨씬 오래 걸렸다. 조금 쓰다가
울어 버리고, 앞으로 나아가는가 싶으면 지난 추
억들을 괜스레 되새기고, 살짝 괜찮아졌다 생각
하면 다시 마음이 울적해졌다. 추억 너머에 가두
어 둔 지난 연애들을 끄집어내어 곱씹느라 많이
힘들었고, 많이 울어야 했다. 어떨 땐 또 가라앉
아 버릴까 겁이 나서 노트북을 한동안 열지 않은
적도 있었다. 오랜 시간이 지났음에도 그간 내가
기록했던 메모들은 다시금 살아나 나를 괴롭히기
도, 울리기도, 아프게도 했다. 많이 뜨거웠고 많
이 아팠던 내 마음처럼 올여름은 지독히도 길고
지루하게만 느껴졌다. 힘들어 주저앉고 싶을 때마
다 글을 쓰는 것 말고 내가 할 수 있는 건 없었다.

그저 여름이 빨리 지나가기만을 바라면서. 이대로 왠지 완성할 수 없을 것만 같았는데, 그 마음들이 끝끝내 나를 여기까지 오게 만들었다.

요즘 나는 사랑하는 게 하나도 없다고, 내가 아무것도 사랑하지 않는다고 생각했다. 그럼에도 내 방을 청소하는 것, 좋아하는 음악을 듣고 책을 읽는 것, 글을 쓰는 것, 맛있는 음식을 먹는 것, 야구 경기를 보는 것, 드라이브를 하는 것, 바다를 보는 것, 엄마 아빠와 통화하는 것, 조카들과 노는 것, 하물며 모든 것이 귀찮고 나태해질 때도, 정신을 차려야겠다고 마음먹는 순간도, 예전에 좋아하던 것들을 더는 좋아하지 않게 됐을 때 슬퍼지는 그 애도 기간조차, 다 사랑이었다.

사랑을 할 때 나는 완전히 다른 사람이 되었다. 나도 몰랐던 내 모습을 사랑을 하며 느끼고 배우면서 조금은 성숙해졌다. 사랑은 불가능할 것만 같던 것도 가능하게 했고, 수없이 넘어지고 다치면서도 결국에는 나를 다시 일어서게 만들었다.

내가 사랑이라 불렀던 모든 것들은 결국 나를 한 뼘 성장하게 했다. 내가 아무것도 아닌 것처럼 보잘것없이 느껴져 몹시 초라한 때에도 끝내 나를 살린 건 사랑이었다. 말없이 내어 준 연인의 어깨, 무심히 건넨 친구의 손, 내 목을 와락 끌어안은 조카의 두 팔, 메모지를 찢어 투박하게 쓴 아빠의 손편지, 나를 다정히 부르는 엄마의 목소리, 할머니 품에서 나는 꼬순내. 그건 사랑이었다.

더는 사랑을 할 수 없을 것 같은 지금 이 순간에도 내가 쓴 글이, 내가 흘린 눈물이, 내가 토해 낸 감정들이 외려 나를 치유해 주기를. 그래서 나를 살리는 글이기를, 내가 다시 사랑을 할 수 있게 용기를 주는 글이기를 바란다.

나를 둘러싼 모든 것들이 사랑이었다.

2024년 7월

추천의 글

장보영 작가, 싱어송라이터

『내가 엄마가 되어도 될까』, 2017, 새움
인디밴드 '싱잉앤츠' 멤버

목표를 향해 달려가는 사람들 틈에서 달리는 법을 모르는 것처럼 한 자리에 푹 주저앉아 지나간 기억을 뜯어먹고 남김없이 발라먹는 글들.

이 책은 후회와 우울, 희망과 사랑을 다시 정직하게 구성하여 새로 차린 한 상이다. 눈물 흘리며 먹는 기억의 맛. 씹어 삼키기 쉽지 않지만 결국 지나간 일은 다시 뜨거운 현재가 되고 지금의 나를 단단하게 만들어 간다. 비슷한 슬픔을 안고 사는 이들을 불러 함께 이 상에 둘러앉자 말하고 싶다. 서로의 기억을 나누어 먹으며 우리의 비슷한 얼굴을 눈치채고 싶다.

저마다 사랑으로 빛나는 그 얼굴들을.

오도영 작가, 디자이너

『오늘의 오마니』, 2019, 켈파트프레스
'오도오도 스튜디오' 대표

　나에게 안녕을 묻는다. 그녀의 첫 책 제목이다. 그녀가 자신의 우울증에 관한 이야기를 세상에 꺼내 놓으며 쓴 글들이, 우울한 나날들을 너무나도 열심히 살아 내고 있는 그때의 나에게도 안녕을 물어 주는 것 같았다. 프롤로그의 제목처럼 적당한 솔직함이 좋았다. 그렇게 나는 그녀를 아주 조금 더 알게 되었다.

　지난 일기장을 꺼내어 보며 쓴 글일까. 그 시간으로 다시 돌아가 쓴 글일까. 그녀의 글로 남겨진 사랑을 읽으며 그녀는 슬프다고 했지만 나는 그녀가 슬프지 않았다. 눈물, 콧물로 써 내려갔을 그날의 일기들은 이미 구겨져 버려진 지 오래되었고, 아무리 생각해도 아련함이라곤 1도 없어 종이에

끄적거릴 사랑이 없는 내가 슬펐다. 아, 그놈 말고
딴 놈을 만났어야 했는데. 아, 더 일찍 헤어졌어야
했는데. 이런 생각이나 하고 있는 내가 더 슬프지
않은가.

소곤소곤, 조곤조곤하게 꺼내는 그녀의 이야기
들이 꾸덕꾸덕하다.

그녀의 세 번째 책이 기다려진다.

전하는 말

　좋은 사람이란 무엇인가 생각해 봅니다. 솔직히 좋은 사람까지는 자신이 없고, 적어도 좋은 작가는 될 수 있도록 부단히 애써 보려 합니다. 모두를 만족시키는 글을 쓴다는 건 제 욕심인 거겠죠.

　그럼에도, 지금 어떤 계절을 앓고 있든 비를 피하기 위해 잠시 들른 서점에서, 혹은 소중한 이의 선물 속에서 이 책을 통해 조금이라도 위로 받는 날들로 채워졌으면 합니다. 머리맡에 두고 몇 장 읽다가 스르륵 잠들고, 다시 잠결에 읽다가 까무룩 눈을 감는, 그렇게 두고두고 오래 곱씹고 언제든 야금야금 꺼내 먹고 싶은, 그런 책이었으면 좋겠습니다. 저마다의 사랑을 떠올리게 하는 따뜻한 책으로 남는다면 참 좋겠습니다.

마음을 다해 추천의 글을 써 주신 장보영, 오도영 작가님께 고마움을 전합니다. 선생님들의 도움으로 여기까지 올 수 있었습니다. 이 책의 시작점이자, 끝내 완성할 수 있는 원동력이 되어 준 지난 연인들에게도 안녕을 빕니다. 덕분에 뜨겁게 사랑했고, 그 사랑들이 나를 조금은 더 나은 사람으로 만들어 주었습니다. 당신들에게도 내가 뜨거운 사람으로 기억되기를. 내게 사랑으로 대해 준 모든 이들에게도 이 책이 사랑의 글이 되기를.

　　이 책을 읽는 당신이 숲에 가는 날 화창하기를. 바다에 가는 날 파도가 잔잔하기를.

　　언제 어디서든 사랑으로 감싸지기를.

여름의 끝자락에서, 사랑을 담아.
정모래 드림.

이응이응프레스

제주에서 책을 쓰고 만드는 사람들

이응이응프레스는 이름에 이응이 들어간 사람들이 모여 책을 쓰고 만드는 독립출판 브랜드입니다. 우리는 책을 기반으로 세상에 온기와 울림을 주는 다양한 작품들 만들고 있습니다.
이응이응프레스를 통해 우리가 바라보는 세계가 보다 둥근 세상이 되기를 소망합니다.

mail.   ieungpress@gmail.com
insta.   @ieungieungpress

이응이응프레스가 펴낸 책들

『털 헤는 밤』 앞서가는 세월을 지켜보는 일 (2023)   이공이
오직 '지금'만 존재하는 털 친구들과 그들의 '지금'에 늘 빚지고 있는 우리의 이야기

『나에게 안녕을 묻는다』 Dear, my gloom (2023)   정모래
별안간 마음의 병을 앓고 제주에 내려와 우울증 이전과 이후의 삶을 담담하게 기록한 자전적 에세이

희로애락 단상집 시리즈

사랑이 아니면 무엇이겠니

© 정모래, 2024

초판 1쇄 2024년 9월 11일
초판 2쇄 2024년 11월 22일
초판 3쇄 2025년 5월 7일

글 정모래
편집 | 디자인 정모래

펴낸곳 이응이응프레스
출판등록 2023년 9월 5일 (제2023-000049호)
전자우편 ieungpress@gmail.com
인스타그램 @ieungieungpress

ISBN 979-11-985025-2-0 (02810)